韩振远 ◎ 著

# 恭俭正直司马光

山西出版传媒集团

北岳文艺出版社
·太原

**图书在版编目（CIP）数据**

恭俭正直司马光 / 韩振远著 . —太原:北岳文艺
出版社,2023.12
（山西廉政文化丛书 / 邢利民,李骏虎主编）
ISBN 978-7-5378-6769-6

Ⅰ.①恭… Ⅱ.①韩… Ⅲ.①传记文学－中国－当代
Ⅳ.①I25

中国国家版本馆CIP数据核字（2023）第149965号

# 恭俭正直司马光

韩振远 / 著

//

出品人
郭文礼

选题策划
王朝军 赵 婷

责任编辑
高海霞

书籍设计
张永文

印装监制
郭 勇

出版发行:山西出版传媒集团·北岳文艺出版社
地址:山西省太原市并州南路57号 邮编:030012
电话:0351-5628696（发行部） 0351-5628688（总编室）
传真:0351-5628680
经销商:新华书店
印刷装订:山西基因包装印刷科技股份有限公司

开本:787mm×1092mm 1/16
字数:162千字
印张:15
插页:10
版次:2023年12月第1版
印次:2024年1月山西第2次印刷
书号:ISBN 978-7-5378-6769-6
定价:48.00元

恭俭正直司马光

GONGJIAN ZHENGZHI
SIMA GUANG

藏書 EX·LIBRIS

山

西

廉

政

文

化

丛

书

# 《山西廉政文化丛书》编委会

主　任：王拥军　张吉福

副主任：王　鹏　宋　伟　孟　萧　李新春

委　员：邢利民　李骏虎　贾新田　胡彦威　王铁梅

　　　　张　羽　骞　进　万　勇　杨建军　许凌云

编　务：罗向东　冯　军　孟绍勇　安　宁　崔　晋

　　　　牛旭斌　郭建丽　赵新中　鲁顺民　杨　遥

　　　　王　姝　郭文礼

司马光

【 生平小传 】

在中国古代历史人物中，司马光可能是知名度相对较高的一位，从小学起，我们就读他的故事，羡慕他的机智。中学，又读他的文章，欣赏他的文采。长大了，又从他的著作中鉴古今之事，观天下之人。如果深入了解，还能从他与王安石的变法之争中，品味出政治的残酷。经过这些，司马光便刻在我们脑海里，不可磨灭。

仔细算来，司马光留给大多数人的印象主要有三件事，一是砸缸，二是做官，三是修史。三件事都被他做到了极致。砸缸，救出的是溺水的孩子，成就的却是光耀古今的智慧典型。做官，做到一人之下万人之上，废弃的是轰轰烈烈的"熙宁新法"，成就的是一个铁骨铮铮、鞠躬尽瘁的司马相公。修史，修出了中国编年史的巅峰，成就的是"史学两司马"美名。

　　无论什么桂冠加在头上，他此生的职业从来都是为官，从二十岁到六十八岁，四十八年间，当过判官、县官、台谏官、州官、京官，连退居洛阳修史的十五年，还有判留台、知崇福官的闲官头衔。无论有多少个官衔，他骨子里从来都是个文人，大宋的文人。

一

　　司马光砸缸救人的故事，让后人记住了一位小英雄。他不仅机智、勇敢，更重要的是他的自信。当司马光高举石块砸向水缸，缸里的水喷涌而出时，这位七岁孩童便闪耀着自信的光芒，完成了生命中的重要亮相。此后自信贯穿了司马光的一生，无论修史治学，还是为政做官，无论面对政敌，还是面对皇帝都信心满满，加上自信带来的执着，学识带来的理性，挫折带来的坚毅，一位成功人士需要的品质，基本就全了。

　　北宋天禧三年，司马光出生时，大宋已立国五十九年。他的父亲司马池为官，是真宗景德二年进士，在他父亲的教育下，司马光自幼读诗书，颂经典。砸缸那年，司马光释读《左氏春秋》要义,已"凛然如成人"。读书给了他自信,这才有了砸缸救友的精彩亮相。

宋朝重文轻武,"安朝廷,定祸乱,直须长枪大剑"的时代,被文人的"修身、齐家、治国、平天下"理想取代。悍将武夫是这个时代的贬义词,从宋太祖赵匡胤代周立宋起,宰相须为读书人,地方官须为读书人,连带兵打仗也须为读书人。童年司马光不崇拜疆场喋血、封狼居胥的卫青和霍去病,也不崇拜安邦平乱、封侯拜爵的郭子仪、李光弼,运筹帷幄决胜千里的萧何、张良和立德立功立言的魏征、房玄龄才是他心中的榜样。

读书使人明理,读书使人向上,对于一个儿童,最重要的是读书使人自信。当然,读书还容易让人成为书呆子。童年司马光读书,"自是手不释书,至不知饥渴寒暑",在外人看来,可不有点呆气?迂阔、迂腐专属读书人,带有老年属性,是书呆子的延续,老年司马光自称"迂叟",政敌称司马光只知掉书袋,反过来说,因为迂腐、迂阔、掉书袋,才诞生出诗书满腹、呕心沥血的史学家司马光,才会有引经据典、纵横捭阖的政治家司马相公。

司马光的童蒙时期是在东京开封、西京洛阳度过的。当时,这两个地方文化氛围浓厚,经济繁荣,百姓安居乐业,士人悠游市井,这两个地方是大宋文明程度很高的都市。沐浴着大宋柔丽的阳光,吹拂着大宋和煦的春风,一大批优秀文人、政治家有的刚崭露头角，有的正在孕育成长，偶然灵光一现，司马光童蒙成名，抢先一步出现在世人视野中。

东京街市中热卖的"小儿砸缸救友图"，让画工画商们发了笔财，让大宋的儿童有了个明星般的崇拜对象，也让司马光在同时代杰出人物中成名最早。他砸缸救友时，那个时代群星般的优秀人物还没有闪耀。范仲淹（989—1052）刚当县令、欧阳修（1007—1072）还没考中进士，王安石还是个五岁的孩童，苏氏兄弟还没出生，曾巩与他同岁，虽天资聪慧，还籍籍无名。许多年后，这批俊杰才走到台前，出现在大宋政治舞台上。

砸缸救友只是偶然相遇，"诚与一"才是他闪亮的奥秘。幼时，乡下亲友带来的青皮核桃，他和姐姐都剥不掉那层青皮，姐姐赌气离去，女仆提来一壶开水，浸烫后剥掉，后来，姐姐问他怎么剥掉的，他说是自己想出的办法。小童剥不掉青核桃皮本属正常，信口撒谎也不过分，正当他得意之时，父亲司马池一声呵斥有如天雷，"小子何得谩语！"以后，每当他心有杂念时，父亲的呵斥声就在耳畔响起，"诚与一"成为他的人生信条，不谩语、不说谎、诚实做人、专心做事是他的行为准则。

司马光不是天才，更不是神童，甚至感觉自己有些笨，读诗书，县内丁家小哥过目成诵；写文章，邻居庞家哥哥"不待力学而自能"。司马光"自视如土瓦之望珠玉"，"患记问不若人"。他的办法是专注如一，勤学苦读，以后，总结自己的读书经验时，他说："书不可不成诵，或在马上，或中夜不寝时，咏其文，思其义，所得多矣。"

司马光在大宋的文化背景下，在优良家风熏陶下，带着终生不渝的诚与一，在师友看来，少年司马光未来可期。

## 二

这样的司马光走进科场，怎能不一举高中？二十岁进士及第是何等的风光。皇帝大宴新科进士，赏赐红花以彰显恩宠，春风得意的士子个个感激皇恩浩荡，唯独他迟迟不戴。纵观大宋一朝，宽厚如范仲淹，孤傲如王安石，狂放如苏轼，都不会这么做，莫非司马光还是个害羞的大男孩？或者是天性内敛不解世故，抑或是疏狂傲慢特行独立？好像都不是，但从那时起，一个与众不同的司马光就出现在众目睽睽下。以后的事实证明，他其实是个恭敬谦逊的年轻人，表现出的是温文尔雅和内向收敛，这种个性与大宋气质很合拍，仿佛天生就是大宋贤臣。

大宋的阳光好像总那么柔和，连吹来的风也是轻柔惬意，带些浪漫，又有些伤感。北宋诗词中，很难找见唐代那种"一川碎石大如斗，随风满地石乱走"的狂风、疾风、劲风，"杨柳岸，晓风残月""金风细细，叶叶梧桐坠"，才是大宋风的常态。从这种环境走出来，成年司马光无论多么非凡卓越，注定与英雄、豪杰这类形象无缘，从青年时代起，就像身后封爵"温国公"中的温字般，带上了生命的符号。

在皇帝和众大臣面前表露本色，说明司马光还是个官场上的青瓜蛋子，需要磨砺，需要人指点。父亲司马池还在，已官至三司副使，儿子中进士后，又连任两地知州。司马光以"便亲（便于照顾父母）"名义，随父亲的调动亦步亦趋，父亲调往同州，他就近任华州通判，父亲调任杭州，他就近任苏州通判，是初涉仕途的胆怯，还是想照顾年迈的父母，只有他自己知道。

司马光刚走进官场一年，母亲故去，过不久父亲也跟着去世了。失去亲人的痛苦，是他人生的第一次磨难。丁忧数年后，虽有爱妻在身旁，仕途上却失去了庇荫。正当他孤独苦闷，前路迷茫时，他一辈子的福星适时出现了。庞籍（988—1063），一位慈祥和蔼、身居高位的老人，他提携司马光。可司马光为何如此幸运，竟得如此贵人赏识？皆因在同龄人中，司马光出类拔萃，庞籍慧眼识珠，视其为国之栋梁，着意磨砺打造。

此后的十多年，司马光当过武成军（滑州）判官、韦城县（今滑县东）代知县、大理寺丞、国子监直讲、试馆阁校勘、同知太常礼院，他很优秀，得到过包拯的赏识，欧阳修的称赞。重要的是，有已任宰相的恩师庞籍在朝中关照，每遇挫折，便得到提点。他太顺了，固然显示出难得的才干，可青年官员的缺点他都有，得意时趾高气扬，锋芒毕露；失意时浮躁沮丧，唉声叹气。知识分子的毛病也不少，清高迂阔，自以为是。还有他要命的个性——耿直诚实，这些都让他不能适应钩心斗角的官场。当大理评事时，甚至动过"不为五斗米折腰"，挂冠离职当隐士的想法。他挣扎过，努力过，官场上的不成熟，却像当年的青核桃皮一样，总也去不掉，他需要一壶滚烫的开水。

皇祐五年，他三十五岁时，恩师庞籍连遭打击，先痛失爱子，再遭政敌诬陷，被罢去宰相，外放郓州知州。庞籍点名要他随行，任郓州通判。司马光怀着一颗报恩之心，他去了。以后，恩师任并州知州、河东节度使，他同样随行。两地四年，作为知州助手，处理地方政务，排解百姓纠纷，解决财政困难，在繁杂的事务中，他认识到自己的缺陷——"诚知才智微，吏治非所长"，也明白了恩师的苦心。

至和三年四月发生的屈野河事件，就像当年女仆提来的那一壶滚烫开水，而他就是那个青皮核桃，他果然被"烫伤"了。这成为他一生挥之不去的痛，而他也因此事件脱掉那层青涩。

他无意中犯错了。受恩师委派去麟州前线视察，当地军政长官建议：在屈野河西修筑二堡，以拒西夏蚕食。他回去后，写报告上呈。可不等庞籍批复，麟州军政长官便擅自率兵渡河筑堡，然后被西夏军包围，宋军大败。朝中政敌抓住机会，想彻底扳倒庞籍。庞籍嗅到危险气息，为了不让司马光受牵连，庞籍私藏报告，为他在京城安置好新职，催他尽快离开这是非之地。

深究这次屈野河事件，实际是宋朝重文抑武的恶果。司马光只是个书生，装了一肚子诗书，哪懂前线军务，听到多年驻守前线的地方军政长官建议，起草报告汇报情况，这是没有错的。可报告毕竟是他写的，前线也毕竟吃了败仗，总需要有人承担责任。

庞籍第一次见识到司马光的执拗，无论怎么催促，司马光也不愿意离开。他需要完整的灵魂和完美的人格，宁可接受处罚，自误前程，也容不得自身有一点道德瑕疵。等到御史来后，司马光说清事情由来，不被理会时，才含泪离开。

事情的处理结果是：恩师受到处罚，革去节度使，改知青州（今山东青州市）。司马光升官，任太常博士、祠部员外郎、直秘阁、判吏部南曹。

在司马光看来，升官是比免官革职更严厉的处罚。此后几个月，司马光感觉自己淹没在同僚鄙夷的目光中，虽然没有人指责他，可是这种无声的鄙夷目光更让他痛苦，他几次向皇帝上书自陈也无济于事。在这样的道德苦海中，他感觉怎么挣扎也跳不出来。一夜之间，司马光竟生白发。如果说，失去父母是他的一次人生苦难。那么，这次累及恩师，则是对他的道德折磨。这样的折磨让他痛了一辈子。

这一年，他三十九岁，不惑之年就要到了。

# 三

从并州回到开封，司马光的仕途进入快车道，先后任开封府推官、同修起居注、同判礼部尚书、判检院、权判国子监。四十三岁那年，被任为同知谏院，当上台谏官，正式登上大宋的政治舞台。

"与士大夫共治天下"是北宋的政治特色。在北宋的政治体制中，执政的二府（中书省、枢密院）大臣负责行政、军事。台谏官是御史台、谏院官员的合称，负责舆论监督，纠察弹劾官员。"谏官得行其言，宰相得行其道"，担任这样的职务，说明司马光受到重用，已是朝廷重臣。

当台谏官并非"武死战，文死谏"那么简单。当台谏官是需要勇气，需要担当，需要独立思考，需要对朝廷大政了然于胸，更需要心底无私、胸无杂念，即使面对皇帝也直言不讳，而不是沽名钓誉，"扬君之恶以彰己善，犹不可。况诬君以恶而买虚名哉"。

"不杀士大夫及上书言事人"，是太祖赵匡胤为大宋立下的规矩，"异论相搅"是北宋的政治风气。在这样的政治生态中，司马光敢言事，善言事，能言事。他言事的出发点，一言以蔽之：遵礼爱民。

礼治是司马光治国思想的核心，"天子之职莫大于礼"，礼即纲纪，是他面对皇帝时诤谏的法宝。交趾国供奉独角怪兽，仁宗以为吉祥兆头，召开"麒麟"大会，与众臣共享其乐。司马光在朝堂上立即泼去"冷水"。他劝仁宗："废耳目一日之玩，为子孙万世之规。"让哭笑不得的宋仁宗只好将怪兽返还交趾国。

开封流行一种类似相扑的女子裸戏，仁宗皇帝看得神魂颠倒，不亦乐乎，他上《论上元令妇人相扑状》，直斥仁宗："今上有天子之尊，下有万民之众，后妃侍旁，命妇纵观，而使人裸戏于前，殆非所以隆礼法，示四方也。"等于告诉仁宗，作为皇帝，率众嫔妃看妇人裸戏，不仅有伤风化，而且有失体统。

当谏官三年多，他守其职，尽其责，上书进言数以百计，其中，皇帝是他笔下劝诫最多的对象，他甚至大胆为皇帝立规矩，上《进五规状》，希望仁宗保时、惜时、远谋、重微、务实，要求仁宗"谨守祖宗之成法"。

还为皇帝树道德规范，上《陈三德札子》，陈述皇帝应具有的三种美德——仁、明、武。一一道来后，做出总结：想当好一个合格的皇帝，必须提高自身修养。

任用官员是吏治的重要内容，不能不管，在《言御臣上殿札子》中，他说："致治之道无他，在三而已。一曰任官、二曰信赏、三曰必罚。"

练兵事关冗兵、冗费、冗员大事，不能不说，在《言练兵上殿札子》，他主张精简军队，提高军队战斗素质。

不过一个五品台谏官，刚上任，就为皇帝上"五规"，进"三言"，史上谏官，直言若汉之匡衡、诤言若唐之魏征也不过如此。

他当台谏官，笔下最关切的是百姓疾苦。

英宗赵曙（1032—1067）即位后，国库空虚，百姓不堪赋税，英宗却为安葬父皇仁宗，显示先皇旧恩，不惜大赏群臣，加重百姓赋税。此时，他又执拗了，连上两个《言遗赐札子》。

看到百姓为躲避"刺义勇"（手上刺字当民兵），流离失所，骨肉分离，他连上《乞罢陕西义勇札子》，为父老乡亲抗争。英宗无动于衷，司马光愤怒了，接着再上札子，一道比一道心情急迫，一道比一道措辞激烈。一连上过六道，英宗说："刺配义勇诏书已颁，岂可朝令夕改。"司马光更愤怒，当面怼回去："要么收回成命，要么撤我的职。"

"宁鸣而死，不默而生"，为百姓进言，不惜怒斥皇帝，这就是谏官司马光。

接着又直斥宰相，因为"刺陕西义勇"的主意是宰相韩琦出的。

宰相府里，司马光与韩琦针锋相对，驳得韩琦哑口无言，气得韩琦差点掀桌子。温文尔雅生性内敛的司马光怎么会这样？皆因他是个台谏官，知道什么是台谏官本色。

那段时间，他还上《言钱粮上殿札子》，上殿犯颜英宗，痛斥朝廷募兵危害。

治平四年正月，英宗驾崩，神宗继位。四月，司马光受欧阳修推荐，改任御史中丞，这本是个负责弹劾官员的言官，司马光仍将目光放在百姓疾苦上，残害百姓的恶吏要弹劾，损害农民的恶法要改变。六月，河北大旱，流民涌进京城，朝廷赈灾方法欠妥，他向新帝神宗上《言赈赡流民札子》；"衙前"役损害农民利益，他上《论衙前札子》。当时，王安石已入朝，正与神宗酝酿变法，他的这些言论影响了变法进程。御史中丞仅当五个多月便被撤换，当了个空有名头的翰林学士兼侍讲（为皇帝经筵讲课）。

不惜官的司马光，不要命的司马光，不顾一切的司马光，历事四朝，其中，三帝都被他教导、责难，甚至痛斥过，这么做只为两个字：爱民。在他看来，爱民即爱国，"国以民为本""民者，国之堂基也"是他的为政理念。为坚守理念，这么做值得。

## 四

与王安石的变法与反变法之争，也围绕"遵礼爱民"，还是"病国损民"进行。

当时的大宋深受"冗员、冗兵、冗费"之累，府库空虚，入不敷出，甚至到了卖官筹资地步。神宗上位后，雄心勃勃，却一筹莫展，急于寻找理财能臣，增加朝廷财政收入。

此时，王安石闪亮登场。"熙宁变法"拉开帷幕。

司马光在包拯手下任三司属员时，与王安石即为同僚，两人交谊甚厚，当时京城著名的"嘉祐四友"，二人均在其中。时过境迁，二人政见已发生变化，王安石来京城仅七天，便有了影响中国历史进程的"迩英奏对"。

迩英殿内，两人在求治心切的神宗面前激烈交锋，剑拔弩张，火花四溅。

王安石神情激动，喊出了变法的理论基础："善理财者，民不加赋而国用饶。"

司马光强忍愤怒，提出了闻名后世的论断："天地所生财货百物，止有此数，不在民则在官，譬如雨泽，夏涝则秋旱。不加赋而上用足，不过彼设法侵夺民利，其害甚于加赋也。"

两个人，一个要为国理财，变法图强；一个要为民争利，巩固国本。一个要辅世，一个要养民，双方都没有错，出发点却不相同。由此，变法与反变法的两面大旗高高竖起。

王安石变法是以富国强兵为目的，大刀阔斧，疾风骤雨，同风俗，一道德，立法度，以朝廷行商贾事，制兼并济贫乏，变通天下之财。

司马光并不反对变法，他主张的变法是以遵礼爱民为本，不损国体，与民生息，徐进缓行，民富则国富。他的理财思路是："善治财者不然，将取之，必予之；将敛之，必散之。故日计之不足，而岁计之有余。"

年轻的神宗变法图强心切，已与王安石合为一人，根本听不进司马光的话。

嘉祐二年二月，任王安石为参知政事，一大批老臣被清理出朝。三月，变法领导机构——制置三司条例司成立，吕惠卿为实际负责人。

这种凌驾于两府之上的编外机构有损国体，有悖于司马光的遵礼思维。此时，他只是个翰林学士兼经筵侍讲，唯一能影响神宗的，是在经筵授课时向皇帝灌输自己的主张。在一次经筵讲授前，上书《体要论》，明确向神宗提出"为政有体，治事有要"，要求神宗"所择之人不为多，所察之事不为烦"，远离具体事务，明辨官员德行，做一个合格的皇帝。

还是在经筵讲课时，他提出了"祖宗之法不可变"的观点。

皇权社会中，所谓祖宗之法，即历朝历代留下的纲纪、法律、规矩。面对至高无上的皇权，唯一能起约束作用的，只有祖宗之法。变法首先是神宗的意志，能改变现状的人，不是主张变法的王安石，也不是变法的执行者吕惠卿，而是坐在高位之上、口含天宪的神宗皇帝。

熙宁二年七月起，新法陆续颁布：均输法、青苗法、农田水利法、保甲法、免役助役法、市易法、保马法、方田均税法、免行法、军器监法、将兵法。司马光费尽口舌，到底没能阻止。

熙宁三年二月十二，司马光被任为枢密副使。神宗之所以重用司马光，是要为反变法派竖起一面旗帜，以"异论相搅"，制衡变法派，使彼此"各不敢为非"。司马光由无职无权的翰林学士，当上枢密副使，何异于自地升天。司马光却连上六道《辞枢密副使札子》，态度明确，"若臣言果是，乞早赐施行，若臣言果非，乞更不差使臣宣召，早收还枢密副使敕告，治臣妄言及违慢之罪"。

不废新法，再大的官也不干。

此前，王安石也有过同样举动，不行新法，请辞参知政事，回金陵隐居。

两位当朝最优秀的知识分子，一个比一个拗，一个比一个执着。这就是北宋文人士大夫的风骨，为坚守信念，可以放下一切，不惜得罪皇帝。

劝不动神宗，回过头来再劝王安石，两篇惊世奇文由此流名后世，司马光的是《与王介甫书》，王安石的是《答司马谏议书》。

文风最能代表个性，司马光的去信柔中带刚，以平和口吻相劝，谈新法可能带来的恶果。

王安石的回信言辞激烈，直接交锋，逐一驳斥司马光提出的问题。读后，能想象王安石当时怒不可遏的样子。

中学课本所选《答司马谏议书》是王安石的第二封回信，实际情况是双方交锋共三回合，司马光三致《与王介甫书》，王安石两回《答司马谏议书》，第一封"安石答书，但言道不同而已"。

两人的争论火花四溅，却是典型的君子之争，所谓"君子和而不同"。尽管如此，两人从此再未谋面，也无片纸往来。

王安石"熙宁变法"开始第三年，不同政见者被斥为"流俗"，台谏官全部被清理，当年的"嘉祐四友"之一吕公著被诬陷，名臣欧阳修被贬谪，名满天下的苏氏兄弟被放逐，大批正直忠诚的大臣离开朝廷。同时，一批德行有亏的地方官员被越级提拔。变法与反变法愈演愈烈，变为你死我活的新旧党争，直到北宋灭亡都没有停止。皇权缺乏制度约束、舆论监督，像放出魔盒的魔鬼，为所欲为，会吞噬一切。

这样的京城，已成一潭污水，上不能辅君王，下不能济百姓，还留在这里做什么？

熙宁三年八月初八，司马光请求外放。同年十一月初三，携夫人和养子司马康离开京城，开始了长达十五年的外放修史生涯。

## 五

司马光外放的第一站是长安，官职是兵马都总管、安抚使，兼知永兴军府事，可称一方军政大员。不过，他只干了五个月就没法干下去了。原因很简单，他是反变法派的旗帜，怎能在任上推行新法？几次上奏被驳回后请求调任，熙宁四年四月，改任判西京御史台。

判西京御史台品级不低，却是个闲官。司马光为官三十多年，此前，是以文人之实当官，来洛阳后，则以三品官之身，回归文人之实，发誓"绝口不复论新法"，全身心投入心心念念的《资治通鉴》。

久困官场，身心俱疲，初到洛阳，居住在简陋的衙舍，却一身轻松，衙舍不远处有座荒芜已久的园子，司马光在里面搭棚架，种花草，取名"花庵"。闲暇时，孤坐其中，神游万仞，却是从未有过的享受。第二年，为避住公房之嫌，于偏僻陋巷购小院，夏日，暑热来袭，室内热气蒸腾，又雇人在房间挖坑，称为"凉洞"。夏天，在"凉洞"中读书休息，不失为避暑的好办法。

熙宁五年，在洛阳尊贤坊北关，购田二十亩，自己设计、督工，建成一座小花园，取名"独乐园"，又自嘲为"迂叟"，读书困乏时，着深衣，策竹杖，与夫人携手，踽踽而行，共游园中。又效"凉洞"之法，在独乐园再挖四坑，夏天暑热时，读书修史均在其中。

洛阳是"前执政重臣休老养疾之地"，司马光来洛阳前后，前任宰相文彦博、富弼、曾公亮等几位老臣也来到洛阳。读书修史之暇，司马光还参与几位耆老的雅集聚会，赋诗饮酒，其乐融融。这段时间，是司马光为官多年来，最轻松快乐的时光。不到一月时间，夫人病逝。此时，司马光官至三品，他却家无余财，只好将仅有的两顷地质典，在故乡安葬了夫人，从此孤身一人，直到去世。

在洛阳大多数时间，他埋头于史籍中，苦修《资治通鉴》。

司马光谙熟历史，为官多年，公务之余，著成《通志》八卷。治平二年，任龙图阁直学士兼侍讲，为英宗进读，得到赏识，奉英宗诏：设立书局，专修历代君王事迹，择馆阁英才同修，所有图书、档案随书局取阅。朝廷赐书局"御书笔墨缯帛，及御前钱以供果饵"。治平四年十月初九，还在修撰过程中，神宗另赐名《资治通鉴》，并亲作序。

书局仅三人，司马光之外，还有刘恕、刘颁。司马光知永兴军前，刘颁因反对新法外放，又调来范祖禹。

　　司马光任判西京留台后，书局三人三地，司马光在洛阳、刘恕贬官南康，范祖禹一人在开封苦守书局，三人靠书信往来沟通。熙宁五年正月，范祖禹押马车十余辆，将书局在京城的所有书稿、资料送往洛阳。书局落脚崇福寺，实际只有二人，刘恕仍在南康。不久，司马光上书，将风华正茂、刚高中进士的养子司马康调入做文字校对。元丰元年，书局再遭变故，同编刘恕积劳成疾，逝于南康，书局又只剩下三个人，直到六年后《资治通鉴》大功告成，仍只有三个人。

　　司马光已五十多岁，日复一日，夜以继日埋头修史，难免体力不支。午间小憩，担心睡过头，仿一百多年前的先贤钱镠，以圆木为枕，睡熟后，翻身，圆木滚动，就把他惊醒。醒后继续伏案修书。如此辛苦，几年下来，须发皆白，身体虚弱，牙齿所剩无几。

　　司马光修史，尽可能广泛收集资料，参考正史之外，杂史三百二十余种。先作长编，将历代史迹不分主次记录，作为草本，写成长卷，"宁失于繁，毋失于简"，所著草本装满两大间房子。草本著成，再一卷一卷删改，按他本人的话说："删削冗长，举撮机要，专取关国家盛衰，系生民休戚，善可为法，恶可为戒者，为编年一书，使先后有伦，精粗不杂。"草本一卷长四丈，仅唐代部分就八百卷，三千多丈长。司马光担心有生之年不能完成这部巨著，和老天抢时间，给自己规定，每三天修一卷，逐字逐句，全神贯注，所作文字，全部用工整的楷书，"讫无一字潦草"。若有事耽误，过后必加班补上。

元丰七年十一月，《资治通鉴》书成。这一年，司马光六十六岁，当年意气风发的温雅书生，已被这部书煎熬得形如枯槁，两眼昏花，眼前所做事，转瞬即忘。

《资治通鉴》成书二百九十四卷，上起周威烈王二十三年，下迄五代后周显德六年。

《资治通鉴》是司马光的呕心沥血之作，中国编年体史书的巅峰，因为此书，司马光与汉代史学巨擘司马迁双峰并峙，被称为"史学两司马"。

司马光学识渊博，著述甚丰，《资治通鉴》之外，另有《通鉴举要历》八十卷、《稽古录》二十卷、《本朝百官公卿表》六卷、《潜虚》、《涑水纪闻》、《司马文正公集》、《注古文学经》、《医问》等著作。

# 六

元丰八年，宋神宗驾崩。不满九岁的哲宗赵煦即位，高太后听政。

这时，《资治通鉴》刚完成数月。退居洛阳十五年，百姓没有忘记司马光，得知英宗皇后高氏（宣仁）太后，准备起用他，洛阳城轰动，街市上人山人海，高喊："司马相公留下，相天子，活百姓。"许多人爬上房屋、踩碎屋瓦，为的就是一睹司马相公的风采。

同年，司马光出任门下侍郎一职。

上任第二天，司马光就上了札子，请求广开言路。司马光熟读史书，深知变法造成的弊端是暂时的，断绝言路、独断专行、"靡然变天下之俗"，对施政风气的败坏，对社会结构的摧残，比施行几个新法危害更大。

王安石行新法，"凡政之可得民财者，无不举"。他废新法，"凡号为利而伤民者，一扫而更之"。

当时的六位执政大臣中，变法派占绝对优势，两位宰相、三位副宰相为变法派，司马光仅以门下侍郎身份反对变法，不光势孤力单，而且权力不逮。但他背后，站着因新法呼饥号寒的百姓，还有听政的高太后。到元丰八年年末，百姓反对声最强烈的大部分新法被废除。

王安石当年行新法太过仓促，造成民怨沸腾。司马光废新法也太过急迫，同样留下隐患。两位当世人杰，都在各自选定的治国之策上直道而行，容不得半点变通，一样辅世为民，一样操之过急。这也许是书生治国的隐患。

进入元祐元年，司马光身体虚弱，心悸战兢，足疾难行，上朝时，要养子司马康挽扶，连一拜之力也没有，感觉自己如秋风中的黄叶会随时飘零，虽觉大限不远，仍尽心尽力，对养子司马康说"期于竭忠，不敢爱死"。

闰二月，司马光在病床上被拜为尚书左仆射（宰相），成为本朝抱病卧床拜相第一人。同样在病床上，批阅奏状，处理朝政，躬亲庶务，不舍昼夜。

元祐元年四月，王安石病逝于金陵。司马光听到消息，让养子挽扶下床，焚香祭拜，站立于庭院，向南长揖，泪流满面。两人都是最优秀的知识分子，变法之争，毁了两个人，也成就了两个人。王安石罢相隐居金陵，完成了"荆公新学"，后人说，没有金陵隐居，就没有文学大家王安石。司马光力辞枢密副使退居洛阳，修成《资治通鉴》，同样，没有洛阳闲居，也没有史学巨擘司马光。王安石去了，司马光也重疾在身。司马光对王安石是惺惺相惜，还是他在怀念他们当年的友谊，已没人知晓。

四月十二，司马光病假满一百天，按宋朝规制，停发俸禄。可这一百天内，他虽卧病榻，又何曾一日停止过工作。太皇太后得知后，特别下旨：宰臣司马光俸禄正常发放。司马光只愿心领，写奏章对太皇太后说，"百日停俸，著在旧章"，他身任宰相，"当表率百僚，岂敢废格不行？"这就是司马光，道德情操一以贯之，地位越高，越不容自身道德瑕疵。

五月十二，司马光结束病假，由养子司马康挽扶入朝议事，以后，太皇太后特许，每三天乘轿子一次入宰相府。司马光辞谢，说："不见君，不可以视事。"坚持每天上朝理政。任宰相一百三十天后，司马光正式主持朝政。

六月二十八，司马光上疏，请求改革役法，允许各州县因地制宜，制定适合本地的差役法。他任宰相才四个多月，有三个月卧病居家，只来得及破除，还来不及施政，这是他唯一的建设性意见，若假以时日，不知会是一个怎样的司马光。

八月初六，司马光不顾脚疾抱病入朝，最后一次上疏，呈《乞罢散青苗钱白札子》。

九月一日，司马光薨于西府，享年六十八岁。

家人收拾遗物，书案上还留有八张未完成的奏稿，床头仅有正在修改的《役书》。

执政十六个月，宰相七个月，即抱憾而终。作为政治家，他可能存有争议，作为史学家，他是不朽的，生前身后是耶，非耶？只能任人评说。

司马光

恭俭正直

一、父亲的教诲：信守诚与一

　　天禧三年，司马光出生时，正当真宗皇帝赵恒在位，"澶渊之盟"后，十五年无战事，虽北有契丹之辽，西有党项之夏，从帝王到臣民，都想过一种太平安乐生活，当时的大宋，"牛马休于林麓，疆亩遂其耕耘。路罕拾遗，家无转饷。烝民老幼，得全其生"。呱呱坠地的司马光不会知道，生在这样暗藏危机的太平盛世，是他的福分，也奠定了他以后的人生基调。

司马光的父亲司马池此时年届四十，任光州光山县知县，有过两个儿子一个女儿，老大名司马旦，已十三岁，老二名司马望，不幸早夭。为给这个新生儿取名字，司马池颇费了一番心思，也许是灵光乍现，以任职地为名，为儿子取名光，字君实。一名一字，名寄托着希望，希望儿子长大后光宗耀祖，光耀门庭；字则是对儿子的终生嘱咐，要踏实做人，诚实做事。

这时，汩汩流淌的涑水，只是流经家乡夏县的一条小河，直到多年后，司马光才第一次见到，但这条不知名的潺潺河流，从他一出生，就在他生命中打上烙印。司马光成名后，人称涑水先生，他创立的学派为涑水学派，他的一部著作叫《涑水纪闻》，涑水是他的人生标记，也因他而成为一条知名河流。

政事之外，司马池极重视对子女的培养，一个小小蒙童怎样培养呢？司马光长大后，才悟出了父亲的高明。在父亲的心里，"提孩有识"，哪怕再小的孩子也有意识，需要从小培养，做法是借用汉代名臣贾谊的经验，让孩子从小"见正事、闻正言、行正道，左右前后皆正人也。"所见所闻所行，都是仁爱礼仪，给孩子一个良好的家庭氛围。

蒙童期的司马光是个容易害羞的孩子，不喜欢引人注目，不爱打扮。大人将佩带金银饰物的衣服给他穿上，小司马光会一脸羞赧，过后悄悄脱下。成年后，回忆小时候的这些事，司马光说："吾性不喜华靡，自为乳儿，长者加以金银华美之服，辄羞赧弃去之。"

在父亲的教育下，司马光渐渐长大。其间，司马池调任寿州安丰县（今安徽寿县）知酒税，五岁那年发生的一件小事，给司马光留下了终生难忘的记忆。

一天，乡下亲戚送来一袋青皮核桃，司马光和年长几岁的姐姐从小生活在城里，何曾见过这种核桃，任凭怎么摆弄，也去不掉那层厚厚的皮。姐姐实在没办法，摇头离去。家里女仆提来开水，将核桃浸烫后轻松剥开。姐姐回来后很吃惊，问是谁剥开的。司马光自以为聪明，对姐姐说，是我剥开的。父亲正站在不远处，目睹了剥核桃的全过程，走过来大声呵斥："小子何得谩语！"这一声呵斥，司马光记了一辈子，从此，不谩语，不说谎，诚实做人，专心做事，是他的家教，也是他的人生信条。

许多年后，有个叫刘安世的人，中进士后不愿做官，只想做学问，来向司马光请教，司马光想起了父亲当年的那一声呵斥，说了一个字"诚"。刘安世回去想了几天，不明白其中奥秘，再来请教，这回司马光多说了几个字，说："自不谩语人。"多么熟悉的话语！这样说时，父亲当年厉声呵斥的情形，又浮现在眼前。

有父亲言传身教，司马光开始启蒙，识不了多少字，却能在塾师指点下熟练诵读。他是个早熟的孩子，小小年纪说书中之意，已"凛然如成人"。七岁，塾师开始讲《左氏春秋》，书中的故事让他着迷，回到家里，他滔滔不绝为大人讲，竟能讲出书中要旨。从此，家里总能看到一种情形，一个小男孩坐在角落里，手不释卷，不知饥渴，身旁事浑然不觉，身心全沉浸在书里。

虽常被大人夸赞，司马光并不觉得自己聪明，甚至觉得自己有些笨。一家人在安丰县期间，还有一件事让司马光终生难忘。县内丁家有个孩子，才十几岁就已气度不凡，既博闻强记，又文采飞扬，是全县有名的神童。父亲总拿这个孩子激励司马光，对他说：你要能像丁家哥哥那样就好了。丁家哥哥给童年司马光留下抹不去的记忆，成为努力学习的动力，直到已名满天下，仍不时提起。

被书籍滋养的孩童心智早熟，不久后，即发生了妇孺皆知的"砸缸救友"故事。

天圣三年，司马光七岁时，父亲司马池任职地再度变化，奉调任河南府司马参军，这是个主管文簿、弹劾的职务。不久又任通判西京（洛阳）留守司，相当于地方副长官。

一天，司马光与几个小伙伴在庭院里玩耍，院内一口大水瓮（缸）里蓄满了水，可能是消防用的吧。一位小伙伴攀上缸沿，不小心失足掉入缸内，顿时被淹没。众伙伴看到，吓得四散逃去。危急时刻，司马光急中生智，捡起一块石头，朝水缸砸去，水缸破裂，缸里水奔涌而出，小伙伴得救。

偶然发生的一件事，让司马光受到交口称赞，被绘成"小儿砸缸救友图"，风靡一时，画匠因此收入颇丰。司马光不待成人，已俨然是位家喻户晓的小名人。临危不乱，英勇机智，见义勇为，各种标签贴在他的身上。只是他不可能想到，以后，称赞他的人说，小时候砸了水缸，长大后，大宋朝这口满身裂纹的破缸却需要他修补。诋毁他的人说，小时候他砸破水缸，长大后砸破大宋天下。

他本人一辈子从没有说过这件事，以至有人怀疑有没有发生过。

这件事过后不久，父亲司马池升职，调往京城开封，任群牧司判官。群牧司是主管全国马匹的官府，长官叫制置使，判官是实际负责人，位虽不显，权力不小。司马光随父母住在京城，有了在国子监读书的机会。国子监是朝廷办的公立学校，七品以上官员子弟才有资格入学，在这里，司马光结交了他有生以来的第一位好朋友，叫庞之道，是父亲的好友兼同事庞籍的长子，大司马光两三岁。二人都刚从外地来到京城，家离得很近，一起上学，一起玩耍，司马光把庞之道当哥哥。没多长时间，司马光就觉察到两个人的差距。这位小哥哥不是一般的聪明，"于文辞，不待力学而自能。读书初如不措意，已尽得其精要，前辈见之皆惊叹"。这是什么天分！好像不怎么用心，书中要点已烂熟于心，没见怎么用功，华辞丽句若从笔端流淌。太了不起了！司马光固然也不错，与庞之道一比就相形见绌，常"患记诵不如人"。以后，司马光已是闻名天下的大学问家，说起这位少年时代的朋友，自叹弗如，说："光年不相远，自视如土瓦之望珠玉。"一个是土瓦，一个是珠玉，这是多大的差距？

担心记忆力不如人，怎么办？司马光的办法是下笨功夫，等先生讲完课，众弟子背诵完课文游玩休息时，下帷绝编，独自苦读，直到能熟练背诵为止才休息。因为下的功夫多，精读过的文章出口成章，终生不忘。以后，司马光总结读书经验，说："书不可不成诵，或在马上，或中夜不寝时，咏其文，思其义，所得多矣。"

父母激励，自己好学，几年间，当年的砸缸孩童已长成翩翩少年，聪慧机智中带上了沉稳，读书无不通晓，写文章也开始有了自己的风格，众家之中，最喜欢汉文章，也就是汉代史学家司马迁的文风，后人说他的文字"文辞淳深，有西汉风"。少年时期，司马光已为四十多年后编撰巨著《资治通鉴》打下了文字基础。

司马光十三岁那年，父亲司马池因得罪宦官，被外放耀州（今陕西铜川市耀州区）任知州，不过一年，又改任利州路（今四川广元）转运使。一家人不得不再度游离辗转，踏上了难于上青天的蜀道，路途漫漫，曲径幽幽，一家人正在行走，一条巨蟒张开血红大口，从路旁直扑过来，大家惊恐之时，司马光抽出长剑，向蟒蛇刺去，蟒蛇滚落山下，众人虚惊一场。司马光此举，让人想起汉高祖刘邦挥剑斩蛇的故事，在司马光的聪颖好学之外，又增添了勇敢无畏。

司马池当利州路转运使的工作就是去下面各县巡视，司马池有时也特意带儿子一起去。有次，司马池被当地官员簇拥游览南岩山，乘兴题词，司马光手捧砚台，看父亲妙笔生花，没想到，父亲题词落款，写下名号后，又题上"君实捧砚"。司马光不过是个随父游览的少年，司马池想用这种方式激励儿子，只是他没想到，儿子的成就会远超过他。后来，司马光闻达天下，当地人为表达敬慕，专门建起一座亭子，取名捧砚亭。

在父亲的激励教诲中，司马光渐渐长大，学识、见解都异于常人，沉稳有气度，知礼有风范，一个青葱少年即将走向社会，脱颖而出。

## 二、多少离愁，散在天涯

宝元元年，司马光二十岁，到博取功名，参加科举考试的时候了。

科举考试肇始于隋朝，经唐朝，至宋朝更加成熟完善。有宋一朝，重文轻武，与士大夫共治天下，平民子弟想进入士大夫阶层，唯一的途径是读书，参加科举考试。为鼓励天下人读书，宋真宗赵恒曾写过一首《劝学诗》：

富家不用买良田，书中自有千钟粟。

安居不用架高堂，书中自有黄金屋。

出门莫恨无人随，书中车马多如簇。

娶妻莫恨无良媒，书中自有颜如玉。

男儿欲遂平生志，五经勤向窗前读。

这首诗告诉天下人，只要勤奋读书，人间美好全都可以得到，层次不高，却很现实，哪里是劝学，分明是用读书的好处来诱惑青年学子。

司马光好像用不着这样诱惑。一来，他学识渊博，志向高远，读圣贤书的目的在于匡扶社稷，而不是什么黄金屋、颜如玉。二来，他是个官员后代，即使不参加科举考试，父亲留下的，也足以让他过上锦衣玉食的生活。按照大宋规定，不需要参加科举考试，只需享受父亲"恩荫"就可以获取官职。司马光参加科举考试前一年，司马池奉调入京，职务是三司副使，官至三品。司马光可享受"恩荫"，拥有"将作监主簿"官衔。夏县司马家是个大家庭，兄长司马旦已享受过恩荫，本来，下一个就轮到司马光，但司马光懂谦让，将机会让给两位堂兄。

司马光并不满足于恩荫，要凭真才实学赢得功名。当时，科举考试已风行数百年，天下士子将通过科考得来的功名视为正途，享受祖辈恩荫,坐享其成。这也许会让人羡慕,却会被一些人看不起,以后进入仕途,仿佛戴上了一顶纨绔子弟的帽子,终生被认为没有真才实学。

此次开科取士,进士甲科(进士及第和进士出身)录两百名;乙科(同进士出身)录一百一十名;诸科,取五百七十九名;恩科(特奏名),取九百八十四名,共一千八百七十三名,被录取者都算金榜题名。

三月二十三,东京开封叶绿花开,处处洋溢出春天的气息。皇宫内崇政殿,仁宗皇帝高坐龙椅之上,眼望齐聚殿内的考生。考生们目光中透出渴望,翘首以盼。仁宗皇帝开始唱名,第一名状元,扬州吕凑,第二名……一个接一个往下唱,第六名,陕州司马光。

听到自己名字时,司马光心中似有一股热流,蓦然升腾到头顶。

金榜题名,高中进士。第六名虽不像状元、榜眼、探花那样荣耀,却也足以让人欣喜。仁宗时期科考,三年一取士,全国参加科举考试的士子数以万计,考得第六名,放到现在,也是妥妥的学霸。

开科取士是朝中大事,按惯例,皇帝要在琼林苑大开宴席,招待新科进士。上榜进士全都换上绿色官袍,头戴官帽,足蹬朝靴,手执笏,出皇宫向琼林苑鱼贯而行。一路上,仪仗冠盖,鼓乐齐鸣。大街两旁人山人海,争相目睹新科进士风采。当时有人感慨：纵使边关大将，千万里之外杀敌立功，胜利归来，所受欢迎也不过如此。

琼林宴上，仁宗皇帝高坐，新科进士们按齿序（年龄）排座次，年龄大的靠前，司马光坐在最靠后一桌。酒宴在管弦丝竹伴奏中开始，每饮酒一巡，奏乐一曲，乐声悠扬，悦耳动听。年轻的司马光沉浸其中，觥筹交错中，眼望御楼之上的皇帝，心潮澎湃。

酒过数巡，宴会伴着乐声结束。接下来的议程是皇帝为新科进士赐花。宋人戴花，源自皇宫，当年，太祖赵匡胤御花园赏花，见牡丹娇艳，随手摘下几枝，为身边嫔妃戴上，自己也戴上一枝。此风一开，宫外纷纷效仿，每逢节日，市民多头簪花朵以示喜庆。这回给新贵们赏赐的花是红色绒花，每人一枝。司马光生性羞赧，接过花朵，迟迟不肯簪到头上。琼林苑内，千余名进士人人头簪红花，唯有他一人帽上没有，反倒异常醒目，身旁同年（同科进士）捅了捅他，提醒："此乃皇上所赐，不可违也。"司马光这才簪上。

金榜题名，又得见龙颜，正当春风得意时，以后几天，司马光仍沉浸在激动中，家里人经常看到这样一幅景象，司马光睡在床上，忽然受惊般坐起，穿上官服，手持笏板正襟危坐，呆了一般。母亲问这是怎么啦。司马光掩饰自己的失态，说："我在想以后与皇上交谈天下大事是怎样的情景。"一连几天都是这样，家里人为他担心，劝他出去走走。

这次科考，司马光结交了几位同年，其中一位叫范镇，成都华阳人，大司马光十二岁，以文章闻名天下。宋代科举考试分省试、殿试，即在尚书省礼部考完，排出名次，将试卷交给皇帝，再由皇帝审察后钦点名次，称为殿试。范镇本来在省试中取得第一，获得省元。试卷交给皇帝后，却因参知政事（副宰相）韩亿的四个儿子在这次科考中有作弊嫌疑，范镇作为韩亿门生受到牵连，被降低排名，殿试只得第七十九名。同样金榜题名，范镇闷闷不乐，听说司马光在家里发呆，约几位同年，拉上司马光，一起去开封街市游玩。

宋朝的开封市井繁华热闹，人来车往，店铺林立，酒幌飘扬。在一家酒肆里，几位新科进士一面饮酒，一面观看歌伎表演，几杯酒喝下去，醉眼迷离中，一位年轻美貌的歌伎轻施粉黛，秀发松散，扭动着曼妙身姿，罗衣拂动，翩翩起舞。几位长年书斋苦读的新贵，何曾见过如此风情，一个个看傻了眼，直到离去后，美貌歌伎的身影好似还在眼前。

回去后，司马光填《西江月》词一首：

宝髻松松挽就，铅华淡淡妆成。青烟翠雾罩轻盈，飞絮游丝无定。

相见争如不见，有情何似无情。笙歌散后酒初醒，深院月斜人静。

这首词若出自"奉旨填词"的风流词人柳永之手，谁都信，可若说是出自以后以威严肃穆而闻名的司马光之手，却没人信。年轻的司马光，尽管是父母心目中的好孩子，还是一不小心就流露出年轻人的本真。"宝髻松松挽就，铅华淡淡妆成"，多么形象传神。"相见争如不见，有情何似无情"，多么耐人寻味，简直就是千古佳句。此情此景，伊人伊舞，直叫人神往，怎能不在夜深人静，酒醒时分，望庭院深深，斜月高挂，生无限思量。春风得意，少年轻狂，在这荷尔蒙涌动的年龄，司马光填出这样一首词，一点也不奇怪。

司马光落笔写这首词时，会不会想到另外一位姑娘——科考前刚与他订婚的张家三小姐，大概是会的，醉眼蒙眬之际，酒肆里的那位姑娘会与张家三小姐合为一体，虽不是一路人，却一样美丽，一样让人思念。

这是不一样的司马光，与正统耿介、方方正正，甚至有些迂腐的那个司马光根本不是一个人。后来，有人不愿意承认这是司马光的词作，有人认为是写给夫人张氏的，更有人认为此词有损司马光名誉，辩解说："人非太上，未免有情，当不以此额其白璧也！"太没有必要了。有这样一首词，反倒能说明司马光是个活生生的人，也曾经年轻放浪过。

司马光一生著述浩瀚，这样香艳的词作仅三首（另两首分别是《阮郎归》和《锦堂春》），充满灵性、直抒胸臆之作仅此一首，若沿着这样的路子走下去，其艺术水准，当不输柳永、秦观、辛弃疾那样的填词大家。

与司马光定亲的张家三小姐是张存的宝贝女儿。

张存（984—1071），冀州人，字诚之。进士出身，与司马池同任三司副使，又是志趣相投的好友，膝下有二男五女，前两位女儿早嫁，三女儿在五个女儿中最是端庄秀丽，温柔贤惠，甚得张存喜欢，及笄之年，张存为女儿的东床之选就是同事司马池的公子司马光。

为司马光说亲的人叫庞籍，山东成武县人，字醇之，同样进士出身，此时，刚升为天章阁待制。庞籍曾与司马池同事多年，是亲密无间的好友，司马光称为"庞丈"。庞籍也是张存姻亲，儿子庞之道娶张存的二女儿为妻，若司马光能娶张家三女儿为妻，两家就是好友之外又加姻亲。

司马光与张家三小姐简直是郎才女貌，天作之合，庞籍没费什么口舌。两家换过庚帖，司马光金榜题名后不满一月，摆喜宴，拜天地，行合卺之礼，随后，张家三小姐就变为张氏、司马夫人。时为宝元元年五月，司马光二十岁，张氏十六岁。

如今已很难描摹张氏长相，有一点可以肯定，这是个端庄秀丽的女子。因为司马光心中的好女子是"虽主于柔，而不可失正也"。

张氏与司马光情投意合，而且张家家教甚严，二人行事风格一致。父亲张存曾为名相寇准下属，以文人之身而行武将之职，在澶渊城头立下战功，被真宗皇帝录为进士，时称举进士。日常生活中，张存对礼仪的重视近乎偏执，公事办完，在家里也矜持庄重，儿孙们若衣饰不整，不准拜见。会见亲友，即使一整天，也坐得端端正正，身体从不倾斜。这样的家风，与司马家如出一辙。同样受这种家风熏陶，两人怎能不琴瑟合鸣，举案齐眉。

二人婚后，司马光先当了个九品判官，任职华州，一年后，平调平江（苏州）军判官，刚上任，母亲聂老夫人病逝，司马光回家乡夏县丁忧守孝，不待期满，父亲司马池去世，司马光接着丁忧，在家乡一待就是五年多，期间，张氏侍奉公婆，宽慰丈夫，竭力尽到妻子责任，司马光丁忧期满，张氏已二十一岁。司马池去世后，庞籍视司马光为子侄，既赞赏其才学，又欣赏其个性，视为可造之才，悉心培养。在庞籍身边，司马光感受到恩师般的温暖，父亲般的慈祥，终生视其为恩师。

为父母丁忧毕，司马光任武成军判官事。有贤妻在家，司马光在外谨守丈夫本分，对下属生活作风同样要求极严。一次，同僚中有人私会妓女，司马光自幼接受儒家学说，哪能容忍。此人为躲避司马光，将约会地点改在和尚庙，司马光得知后，赶去制止。看到司马光，那位同僚无处躲藏，只好老实交代。司马光随口作诗嘲讽："年去年来来去忙，暂偷闲卧老僧床。惊回一觉游仙梦，又逐流莺过短墙。"

庆历六年，司马光二十八岁，任国子监直讲。因入职不久，薪俸低微，小两口日子过得十分清苦，衣服也没几件。一天，家中遭贼，衣物、被褥全被席卷而去。时逢天寒，雪花飘零，寒风拍窗，至夜，床上连被子也没有，小两口和衣而眠。好不容易熬到天亮，恰有客人来拜访，司马光向来注重仪表，如岳父张存一样正衣见客，这回却连一件像样的衣服也没有，不能不连声嗟叹。夫人见状，安慰道："只要你身体安好，财物一定还会有。"当时，岳父张存是龙图阁直学士、朝廷重臣，司马光本人也算大学教授，贫寒如此，不能不令人感叹。

生活虽然清苦，司马光与张氏却也相亲相爱，甘之如饴。在任国子监直讲的三年间，他们有了自己的两个孩子，老大叫司马童，老二叫司马堂。

至和二年冬，司马光应恩师庞籍要求，去并州（今太原）任通判州事。司马光夫妇心情不错，一则，司马光本人可追随恩师。二则，夫人张氏可与姐姐团聚。他们都没想到，此行，竟成为他们的终生梦魇。

"穷冬北上太行岭，霰雪纠结风峥嵘。"一路上，司马光携妻儿，顶风冒雪，翻越太行山，来并州上任。"妻愁儿号强相逐，万险历尽方到并。"在并州寒冷的冬天里，他的两个儿子相继夭折。痛失爱子，夫妻二人都沉浸在悲伤之中，张氏魂不守舍，以泪洗面，整个人像傻了一般，反复念叨儿子的名字。司马光回到家里，也把自己关在书房中，整夜不能成眠。这种丧子之痛终身都无法抹去，直到二十年后，还梦见两个孩子呼喊着，朝他扑来，第二天，写成一首悲催的诗篇《梦稚子》。

穷泉纤骨已成尘，幽草闲花二十春。

昔日相逢犹是梦，今宵梦里更非真。

孟子说："不孝有三，无后为大。"司马光是孔孟信徒，没有子嗣，岂不是愧对祖宗。夫人很内疚，司马光强忍悲痛安慰夫人。后来，他们过继了本家兄弟的孩子，取名司马康，这已是后话。

嘉祐二年，司马光三十九，人到中年，眼见不惑，两口子仍无亲生子嗣。此前一年，司马光兼任并州院丞，夫妇住在庞籍家。见司马光没有子嗣，庞籍也为他着急。与夫人刘氏商量后，要为司马光买个美艳女子做婢妾，给司马光生孩子。知道司马光重感情明大义，若明说给他纳妾，必定死拒。需要慢慢来，先让女子以侍女身份服侍，让他有个接受过程。

张氏没给丈夫留下子嗣，本来就愧疚，与刘氏一拍即合，欣然接受。没过多长时间，女子买来，不料一连几天，司马光看都没看一眼，还以为庞籍家买来的下人。庞籍和刘氏以为，一定是主母张氏在家里，司马光不好意思。第二天，有意招呼张氏外出赏花，想给女子与司马光留下单独相处的空间。等张氏离开后，女子做好酒菜，化好妆，柳腰芊芊，轻移莲步，来到书院奉茶，不料，司马光怫然作色："你这下人，今天院君（女主人）不在家，你来这里做什么？"训得女子好生无趣，悻悻离去。

第二天，庞籍的一位下属借汉代司马相如与才女卓文君相恋的故事，调侃司马光："司马院丞有乃祖之风。"太原知县孙兆说：

"可惜司马院丞不会弹琴，只能像大蹩脚一样把人家赶跑了。"一句话，在场众人哈哈大笑，司马光却羞红了脸。

司马光拒绝婢妾，让夫人张氏不能释怀，毕竟为夫家传宗接代是件大事。不久，张氏又为司马光买来一位美妾。一天，见院内无人，美妾盛装打扮后，来到书房，见司马光正在读书，头也不抬，故意拿起一本书，娇声问："院丞，此是何书？"司马光起身拱手施礼，神色庄重，回答："此乃《尚书》。"美妾还不甘心，在书房内逡巡走动，司马光仍旧埋头读书，美妾再次被无视，讪讪然退了出来。

经过这两件事，司马光与夫人更加恩爱。恰逢夫人生日，正是暮春时节，夕阳西下，晚霞映照，几只彩蝶飞舞花间。突然暖风劲吹，残红依旧，蝴蝶却不知飞往何处。司马光望夫人韶华渐逝，秀发添白，眼角生出皱纹，他不禁感叹时光荏苒，随口填《锦堂春》：

红日迟迟，虚郎转影，槐阴迤逦西斜。彩笔工夫，难状晚景烟霞。蝶尚不知春去，漫绕幽砌寻花。奈猛风过后，纵有残红，飞向谁家。

始知青鬓无价，叹飘零官路，荏苒年华。今日笙歌业里，特地咨嗟。席上青衫湿透，算感旧、何止琵琶。怎不教人易老，多少离愁，散在天涯。

　　离开并州后，司马光入京做官，先后当过三司开封府推官、判度支勾院、右谏议大夫。一晃十多年过去，司马光夫妇渐入老境。熙宁四年四月，司马光五十三岁了，因反对王安石新政，坚辞枢密副使，由右谏议大夫、翰林学士改判西京（洛阳）御史台，实际等于外放闲居。熙宁六年，在尊贤坊北关购地，修独乐园，建读书堂。十五年间，埋头编撰《资治通鉴》，老两口日子过得清贫而充实。

　　又一年过去，上元节（元宵节）到了，夜晚，洛阳城华灯绽放，游人如织，司马光似乎浑然不知，埋首著书，夫人想出去看灯，邀他一起去，司马光不解风情，问："家中就点着灯，何必出去看。"夫人又气又好笑，说："兼欲看游人。"司马光更不明白，说："难道我是鬼吗？"

　　洛阳十多年，夫妻二人居陋巷，住弊屋，连书房也是掘地而成，家中仅一老仆照顾生活，司马光夫妇安贫乐道，其乐融融。读书、著书之余，司马光与夫人漫步独乐园，为平生快事。

　　元丰五年，夫人身染沉疴，不幸病故，享年六十岁。北宋官员俸禄优厚，司马光二十岁为官，迄今已四十四年，虽外放洛阳身居闲职，却有三品官衔，夫人仙逝，灵柩要送回老家夏县祖茔厝置，他竟拿不出钱，只好典去仅有的两顷薄田，才筹得夫人丧葬费用。

　　葬毕夫人，司马光悲恸异常，老泪纵横，写下《叙清河郡君》（夫人受封为清河郡君）一文，以表哀思。此后十多天，将自己关在书房中，沉浸在伤痛中。养子司马康再三劝说，才走出书房。独乐园内阳光明媚，晃得人眼花，仿佛到处都是夫人身影，他身心俱焚，于读书堂危坐终日，用隶书在梁柱题诗："暂来疑是客，归去不成家。"

有友人致书询问近况，他回信"草妨步则薙之，木碍冠则芟之，其他任其自然，相与同生天地间，亦各欲遂其生耳"。这话说得好伤感，没有爱妻相伴，景色好坏已无所谓，草妨步就踢开，树碍冠（帽子）就剪掉，一切都随其自然，夫人啊，你为何留下我，独自去了。

元丰八年，司马光重返朝廷，官拜宰相，仍孑然一身，不续弦，不纳妾。元祐元年，司马光病逝。

宋代，王公大臣、文人骚客纳妾狎妓，靡然成风。司马光一生，无绯闻，无劣行，一夫一妻，与夫人相爱一生，白首偕老，可谓那个时代的完人圣人。

## 三、恩师的提点与屈野河之痛

司马光的仕途生涯实际是从为父母丁忧后开始的。

此前，虽然当过一年多判官，却是随高官父亲调动亦步亦趋，父亲知同州（知府），他调到近在咫尺的华州当判官，父亲知杭州（知府），他调往触手可及的苏州再任判官。好在宋朝以孝治天下，允许甚至鼓励官员以"便亲"名义这么做，但是，到底是为方便照顾年迈的父母，还是初涉官场，心中怯懦，需要官场经验老到的父亲点拨，也很难说。丁忧期满，他二十六岁，得到的第一个官职是武成军判官。

失去父母的悲痛，足以让司马光长大，以后，他再也不能承欢膝下，不会有母亲的温暖和父亲的庇护了。丁忧期间，他毁瘠如礼，形销骨立，却从没有忘记灵前苦读，相较之前，知识更丰富，见识更卓越，作了《十哲论》《四豪论》《贾生论》，这些文章思维敏捷，论证严谨，却不能说明他已经成熟，能够独步官场。实际情况是，越这样久囿于书斋，越不容易把握官场动态。他还需要锤炼，需要人提携扶持。

为他官场指点迷津的人，是他的恩师庞籍。

庞籍为人正直，学识渊博，敢怒敢言。司马光为父母守孝期间，庞籍正在延州任职。司马光守孝期满去的第一个地方，不是东京开封，也不是武成军，而是去延州拜访恩师。

在延州，他见识了边塞的萧瑟，聆听过恩师的教诲，目睹过面部刺字的"保捷"军将士，重要的是清楚了西夏对大宋的威胁。一番游历之后，这才赴京报到，踏实去武成军就任。

当年入冬时节，司马光走马上任。武成军地处黄河岸边，庆历新政废了，旧政恢复，对司马光来说，好像并没有什么不同，时间如同河水奔涌，日复一日，流逝远方。司马光所任州判官，相当于副州长，却也无事可做，读书，作诗，思念妻子，实在无聊时，与三五好友坐于亭榭之下把酒狂歌，望太行逶迤纵横，山远天高，白雪皑皑。作诗讥讽同僚僧院与营妓约会，就发生在这段时间。

第二年初春，黄河凌汛到来，他终于忙起来了。"河灾泛东郡，庐井多堙沦"，上游河开了，大块冰凌漂下来，壅塞河面，冲垮了河堤，堤外汪洋一片。司马光走上河堤组织百姓抢修，连续十多天，吃住都在堤上。等决口堵上，河堤加固，抬眼再看时，堤下田野已冒出新绿，春天来了。

这是他入仕以来，第一次做实际工作，很苦很累，心情却不错。

同年夏天，司马光奉诏代理韦城县知县。刚一到任，老天爷先给这位年轻的县太爷一个下马威。韦城县遇到罕见大旱，禾苗枯萎，田地龟裂，天空中，艳阳高照，晴空万里，解民危难是知县之责，用什么办法呢？水利条件不足，只有求老天下雨。

率县内官员和士绅百姓，头顶烈日来到当地豢龙庙，祭拜完毕，司马光朗声诵读亲笔写的《豢龙庙祈雨文》：

年月日，宣德郎、将作监主簿、权知韦城县事司马光谨率吏民，具清酌庶羞之奠，致祭于豢龙之神。昔者圣王，设官分职，畜扰神物，以为人用。后世丧业，神实继之，知龙嗜欲，服事夏后。王嘉神劳，胙以此土。岁祀超忽，庙貌仍存。阖县奔走，春秋荐献。却灾致福，保佑斯人。今大夏将尽，而历时不雨，谷苗槁死，不可复殖。仓廪无储，民将何恃？

　　民实神主，神实民休。百姓不粒，谁供神役？邑长有罪，神当罚之；百姓无辜，神当爱之。天有甘泽，龙实司之；以时宣施，神实使之。槁者以荣，死者以生。旱气削除，化为丰登。然后自迩及远，粢盛牲酒，以承事神，永永无致，伏惟尚飨。

　　这真是一篇奇文，比他以后写的那些道德文章有趣得多。看似求告神灵，口吻却像在告诫龙王，百姓才是你的衣食父母，理应尽到降布甘泽的责任。语重心长，柔中带刚。这哪里是祈求，分明是劝谏。这哪里是祈文，分明是谏文。

　　如此软硬兼施的文字果然灵验，当天，韦城县上空乌云滚滚，电闪雷鸣，老天降下雨来。

　　这年年底，一纸调令下来，司马光奉调入京。

　　自唐代名相张九龄提出"不历州县，不拟台省"，在州县任职就成为官员升迁的必有履历。在武成军一年多，是司马光重要的人生历练。他很年轻，胸怀大志。他看到了百姓之苦、朝廷之疾和官场之险恶，却没有消沉，而是更加踌躇满志。渊博的学识让他文思泉涌，写出许多颇具见地的文章，《管仲论》《廉颇论》《机权论》《才德论》都是这一时期的杰作。

　　也许时间太短，半年代理知县，并没有做出什么有说服力的政绩，县太爷可不是写几篇文章就能交差的。他才二十七岁，初涉仕途，还需要更多的历练。

由地方官到京城做官，司马光心情愉快，没想到，很快就被泼了冷水，吏部报到后，一等就是大半年。闲到无聊时，虽有名流可访，朋友可聚，诗书可读，心中的惆怅仍难以抑制。

庆历六年六月，望眼欲穿中，终于等来了新职位——大理评事。按现代人理解，这是个不错的工作，所谓大理评事，即最高法院法官，八品衔，主管断案狱讼。

权力不小，司马光却志不在此。

法官的工作繁忙琐碎，诉讼、断案无休无止，忙到夜以继日，案卷仍堆积如山。因犯被审讯时悲苦的面容，用刑时凄惨的号叫，也让他极不适应。

"朝讯狱中囚，暮省案前文"，才干了几个月，司马光已心身俱疲，头昏脑涨，真正体会到什么叫"案牍之劳形"。他夜晚回到寓所，虽有八尺藤床一张，却连靠一靠的时间都没有，好不容易忙完，想躺一会儿，蚊蝇嗡嗡，叮得人不能入眠。如此狼狈，不过是为生计，这样的人生与鼎中鱼、笼中鸟何异，他想插上翅膀任意高飞。

古代文人都有隐士情怀，司马光心情虽然还没坏到辞官做陶渊明，却也怀疑以毁灭理想为代价，"为五斗米折腰"值不值。法官做到这种地步，确实该想想是不是需要换个工作。

司马光苦闷彷徨，疲于奔命时，恩师适时到来。

北宋行政、军事分家，庞籍从延州知州奉调入京，任枢密副使，相当于全国主管军事的副长官，属宰执大臣之一。

蒙恩师关照，苦熬半年后，庆历七年二月，司马光离开大理寺，兼职国子监直讲。这是个可以读书做学问，又可以直接给皇帝上疏，参与国家大事的差事。同事都是当朝俊彦，大家志趣相投，亲密无间。心情一愉快，薪俸虽不高，日子也清贫，却变得意趣盎然。前面所说家中遭贼事，就发生在这种情况下，难怪夫人一句"但愿身安，财须复有"，就过去了，变为美好的回忆。

司马光体会到什么才是自己想要的生活，赋诗曰："人生无苦乐，适意即为美。"

可他又感觉羞愧，骂自己怎么会忘记父亲的教诲，又赋诗："折腰把板今无有，勿似陶潜遂弃官"，以后再不能有做陶渊明的想法。

这时的司马光还很浮躁，容易情绪化，往好处说，是直抒胸臆，爱憎分明，往坏处说，是不成熟，不会遮掩自己，只见浪涛翻滚，不知岩礁暗藏。以这种个性进入凶险的官场，不管再优秀，迟早会栽跟斗。他还需历练，需要人提携指点。

庆历八年八月，庞籍升任参知政事（副宰相）。皇祐元年，司马光任召试馆阁校勘，同知太常礼院。馆阁是皇帝的储才之地，英杰荟萃，被视为"清要之选"，朝廷许多宰相、重臣都出自馆阁，并以终生兼任馆阁职务为荣。司马光所任校勘，虽是馆阁低级别职务，但"一经此职，遂为名流"。三十一岁即进馆阁，既属罕见，也是莫大的荣耀。大宋俊杰之士多矣，能得到如此提拔，离不开恩师庞籍提携。司马光本人也颇感"荣耀过分，不寒而栗"。过后，对"庞丈"感激涕零，写《谢校勘启》《又谢庞参政启》以示感谢。

庞籍所以不避朝议，敢推荐司马光，因为深知他是当朝不可多得的青年才俊，学识渊博，根底扎实。司马光也不负恩师厚望，展卷苦读，夙兴夜寐。一年后，司马光写出《古文〈孝经〉指解》，学问之通达，见识之深湛，在朝中引起轰动。不久，又完成了辞书《名苑》，一举奠定在馆阁中的学术地位。

皇祐二年，司马光再次升职，为集贤校理兼史馆检讨，这两个官职听起来麻烦，实际就是掌管整理图书史籍。别小看这个类似图书馆长的职务，大宋规定，任此职一两年后，可外放超授官职，意味着一两年后，司马光可再升一级。

不等外放升官，当年九月，司马光再次升任为同知太常礼院，即主管朝廷礼乐、祭祀、爵号、谥号、封袭，继嗣礼仪的官员。

皇祐三年，庞籍任宰相。

皇祐五年，就在司马光一顺百顺，如鱼得水之时，庞籍却出事了。

齐州人皇甫渊捕盗有功，按例应受赏赐。没想到此人是个官迷，不要赏钱只要官，四处托人找门路，还真让他找到了。道士赵清贶是庞籍外甥，仗着宰相舅舅，收受皇甫渊贿赂，答应可让皇甫渊得到官职。皇甫渊满心欢喜，可是左等右等，无人理会。一着急，找到百官等待上朝的地方待漏院，直接堵住庞籍讨要说法，一时轰动朝野。庞籍对此事毫不知情，却受到牵连。更糟糕的是赵清贶死了，谏官韩绛上奏弹劾，说庞籍杀人灭口，虽查无实据，庞籍还是被罢相。是年七月，被贬知郓州（今山东东平县）兼京东西路安抚使。

离京前，庞籍点名要司马光做助手，任郓州通判。

司马光仕途势头正好，庞籍这么做岂不毁人前程？非也！庞籍是看出司马光不成熟，锋芒过露，缺少磨砺，这样下去，早晚要吃苦头。司马光不了解恩师意图，却有报恩之心，毫不犹豫跟恩师去了郓州。

司马光所以追随恩师离开京城，还有一个重要原因。就在他担任国子监直讲那年，挚友、连襟庞之道英年早逝，庞籍痛失长子。

当时，庞籍已六十三岁，老年丧子，悲痛万分。又过去四年，庞籍已是六十七岁的老人。在延州任职时，庞之道在父亲身边掌管机要，照顾生活，如今庞之道不在人世了，司马光认为自己有责任代挚友照顾恩师。

郓州履职后，庞籍因为要统领全局，将州务委托给司马光。在琐碎事务中，司马光再次尝到当大理评判时的苦头，公文要处理，事务要决断，三伏天，直到深夜还不得不忙碌，汗湿衣衫，蚊蝇叮咬，直忙得"涔涔头目昏"，下属仍不满意。这才知道自己处理具体事务能力有多差。"诚知才智微，吏治非所长，惧贻知己羞，敢不益自强。"这是他对自己的重新认知。

他明白了恩师的良苦用心。"将军拔于卒伍,宰相起于州郡",中国历代王朝都重视官员基层工作经验,庞籍用自己的方式,为司马光补上这一课。

至和二年,在郓州任职近两年后,庞籍调任并州,以昭德节度使知并州兼河东经略安抚使、马步军都总管,总揽地方军政大权。并州与西夏隔河对峙,朝廷将并州军政事务交给庞籍,是委以重任。这时,庞籍六十九岁,眼看就是古稀老人。司马光不离不弃,继续追随恩师,改任并州通判。

至并州第二年四月,受庞籍委派,司马光去黄河西岸的麟州(今陕西神木市北)前线考察。当时的情况是,麟州屈野河西有大片良田,被西夏人不断侵扰蚕食。司马光此去,就是要想办法制止。他来到前线,听当地官员介绍:"阻止西夏人侵扰,最好的办法是修筑堡垒。去年已修一堡,若再修两堡,即可保屈野河西良田不被侵扰。"司马光一个文弱书生,哪里懂军事,觉得有理。回到并州后,给庞籍写报告,请求为麟州增加禁兵三千,厢兵五百,在屈野河西修两座堡垒。庞籍批准了报告。

批复还没送达麟州,增兵还在路上时,麟州勾管军马司(军区司令)郭恩、走马承受(监军)黄道元和知府武戡率一千余兵马,带酒食、工具渡过屈野河,去修筑堡垒。第二天凌晨,陷入西夏军重围。这一仗,宋军惨败,郭恩、黄道元被俘,三百余名士兵阵亡。

消息传到并州不久,司马光接到调令,回京任祠部员外郎、直秘阁、判吏部南曹。这是恩师嗅到危险气息，有意安排他离开险境，还是朝廷正常调动？他说不清，但知道这时候不能走。

从庆历六年起，司马光一直追随着恩师脚步，恩师在京城，他在京城；恩师罢相出知郓州，他到郓州，恩师来并州守边，他跟随到并州。恩师如父亲一样，以舐犊之情保护培养他，他则以感恩之心报答照顾恩师，两人谁也离不开谁，更不用说当恩师遇到麻烦时。况且，造成这次惨败与自己有一定关系，毕竟修堡建议是他巡视屈野河后提出来的，他想为恩师分担责任。

朝廷派来查处屈野河惨败的御史已在路上。庞籍催他快走，同时将与他有关的文书，包括那份报告藏匿。庞籍快七十岁的人，宦海沉浮，什么没见过，自己的前程已不在乎，他想保护司马光，不想让这个前程大好的年轻人仕途上有半点瑕疵。

恩师用心良苦，司马光怎能不明白？但从小受过的教育告诉他，越是这种时候，越不能离开。庞籍发火了，告诉司马光："这次御史查案，是朝中权力斗争的结果，人家是冲我这个前任宰相来的，你搭进去，根本于事无补。"

司马光明白这些，但还是不愿意离开，他要承担自己该承担的责任。一直等到御史到来，司马光说明真相，愿意承担主要责任。果然如恩师所料，人家对他这个无足轻重的小人物根本不感兴趣。事件的处理结果是，庞籍被革去节度使，改知青州（今山东青州市）。

恩师受到处罚，自己却升了官，司马光深陷于愧疚之中不能自拔。上朝路上，感觉所有人都用鄙视的目光看自己，官府中，所有人都在谈论自己。他受不了良心的谴责，接连向仁宗皇帝上书，《论屈野河西修堡状》《论屈野河西修堡第二状》，想以此为恩师辩解，让自己接受处罚。一个状子递上去，没有结果，第二个状子递上去，还是没有结果。仁宗、宰执大臣好像与庞籍有默契，合伙要将他从这件事中择出来，给他一个毫无瑕疵的履历。他不能让事情就此了结，还要继续争辩，甚至想"以死自清"。在上朝时，他向朝臣们逐个解释，以至"言之切至，口几流血"。还是没人听，他不得不找到宰执大臣，要求将自己重则斩首，中则流放，轻则发配边地任职。

那些天，一个本来风度翩翩的青年官员，成了一个絮絮叨叨的老太婆一般，逢人就说这件事。老友石扬休一句话提醒了他："你再这样，就有'饰伪采名'之嫌了。"他恍然大悟，原来，别人都将他的争辩当故作姿态，沽名钓誉，得了便宜卖乖。

以后，他不再找人说了，内心却无法平静，白天吃饭时，一想到这事，忽然放下筷子发呆。晚上睡觉时，一想起这件事，忽然猛拍床板唉声长叹。他感觉自己很无耻，给朋友的信中写道，如今自己虽强颜出入，却不敢抬头，深感自己上累知己，下累朋友，"终身慊慊，不可湔洗。若贮瓦石于胸中，无时可吐"。

自责苦闷，心力交瘁，成为他生活的主基调，整天愁眉不展，面色沉重。他还不到四十岁，竟生出白发，对镜自览，不免心生唏嘘。但他不想拔去，要留下来作为警示，作诗道："视此足自做，拔之乃违天。留为鉴中铭，晨夕思乾乾。"

嘉祐三年，司马光又升官了。判吏部南曹不到一年，升为开封府推官（京城副市长，掌刑狱诉讼，五品衔）。

这次升官是论资排辈，宋朝官制"有事用才，平时用资"，司马光已连任六品通判多年，又在京城判吏部南曹近一年，论资格该他升迁。屈野河之败仍像幽灵般缠绕着他，尽管这次升官与恩师并无关系。但他还是想逃避，想自我放逐，去一个偏远的地方，要求朝廷收回成命，改任他去知虢州（今河南灵宝），或知庆成军（今山西万荣县），接连上书，第一状，第二状，第三状，得到的御批是"不许辞免"。

任开封府推官一年后，嘉祐四年司马光再度升官，任判三司度支勾院，三司主管财政，度支勾院是下属单位，主管财政监察。这是个要职肥缺。但是，越升官，他心中越愧疚，不能不想到被贬青州的恩师，再次上书请辞，不能获准后，更加忧郁，按他自己的话说："求归未能得，朝莫肠百结。"

这就是司马光，宁可受处罚，自误前程，也决不允许道德上有污点。

这一年，他正好四十一岁。

庞籍知青州不久，又改任知定州，七十一岁的人，垂垂老矣。趁回京城之际，请求致仕（退休），宰相认为他身体硬朗，又深得皇上信任，不知为什么想退休。庞籍说："若等体力不支，皇上厌弃时再退，那是不得已，哪如自己要求退好。"

从此退归私宅，坚卧不起，三年间，共正式上请辞表九次，非正式札子不可胜数。嘉祐五年五月，终于以太子太保身份致仕。

庞籍致仕第二年，司马光知谏院，当上台谏言官。按规定：言官不可与朝臣私下接触，因为有此"谒禁"。一对情同父子的师生同处京城，却咫尺天涯，反而不能常见。

庞籍致仕后喜欢写诗，每有得意之作，便托人送给司马光，在诗后批注：欲令吾弟知老夫病中尝有此思耳。司马光一生称庞籍为"庞丈（伯）"，尊为恩师。两人年龄相差三十一岁，庞籍却始终称司马光为弟。恩师体弱多病，手抖不能援笔，所写字斜歪潦草，不能识。司马光有眼疾，近视。为读懂恩师诗，先工工整整誊抄好，以便珍藏，再作诗应和。

嘉祐八年三月初六，庞籍溘然长逝，享年七十六岁。在恩师灵前，司马光泣不成声，读着自己写的祭文，庞丈的恩情一幕幕出现在眼前，仿佛就在昨天。

> 念昔先人，久同僚寀。越自童龀，得侍坐隅。抚首提携，爱均子姓。甫胜冠弁，遽丧所天。孤苦蠢愚，不能自立。长号四望，谁复顾哀？惟公眷怜，过于平日。

一句一顿，泪如雨下，一桩桩，一件件，将恩师的恩情列举完毕，司马光已泣不成声，深深拜伏在恩师灵前。

六月初二，庞籍下葬。恩师的二公子庞元英找到司马光，对他说："公平生知爱莫如子，子当铭公墓。"

司马光深受庞公大恩，自不敢辞。再次援笔祭奠恩师，一落笔，即洋洋四千余言，从庞氏先祖，到庞公生平一一写来。最后说："光受公恩如此其大，灭身不足以报。然公之德烈，载天下之耳目，光不敢以一言私焉。"

安葬完恩师，司马光郑重其事，在堂前拜见师母，从此，待奉师母如同母亲，照顾恩师之子如同亲弟弟。

几年后，庞元英为父亲编成十卷本诗集，名《清风集略》，请司马光写序言。

司马光没有拒绝，也没有答应。在他心里，恩师之德高山仰止，自己的拙笔实在当不起。更重要的是按体例序文要放在正文前，序文作者一般比正文作者成就高，自己是什么人，怎么可以压恩师一头？但恩师诗集不能没序，斟酌之后，请当世文章大家、自己的同年好友范镇为恩师诗集执笔写序。自己也不能不写，却只能作《后序》，放在《清风集略》最后。

在司马光心里，恩师德高望重，"文武从容两有余，公槐将幕往来居"，延州抗击西夏，与范仲淹、韩琦并称三杰，堪称名帅。入朝任宰相后，内荐英才，外惜民瘼，可称一代名相。如今，情同父子的恩师走了，头顶那棵庇荫大树没有了，他早已过不惑之年，眼前的路不管平坦还是坎坷，都要大步迈上去。

## 四、为皇帝立规矩

进入仕途后，司马光担任过多种官职，真正发挥才干，出现在大宋政治舞台上，是在担任台谏官以后。此前的经历，只能说是仕宦生涯的铺垫。

时为嘉祐六年，四十三岁的司马光被任为同知谏院，当上台谏官。短短几年，从并州一个地方副职官员，蜕变为朝廷重臣。

此前，几次升迁，他几乎每任必辞，当太常博士辞过；任开封府推官辞过，与王安石一起被任命为同修起居注（记录皇上言行）时，两个人好像搞辞职竞赛，都连上数书请辞。被任命为知制诰（代皇上写诏书）时，王安石六次请辞，司马光九次请辞。这回，司马光一次也没有请辞，任命书甫一下达，"无一言饰让"，愉快接受。

二十多年前，父亲司马池也曾被推荐为台谏官，却拒绝了。不是不想当，是不敢当。台谏官是做什么的？简单说，即劝谏皇上，弹劾重臣，批评朝政。古人做官讲究"武死战，文死谏"，当台谏官就像武将喋血沙场一样，在诸多文官中是个高危职业。

司马光愿意当，是因为台谏官最能发挥才干显露才华。欧阳修曾说，"士学古怀道者仕于时，不得为宰相，必为谏官"，是说士人若胸怀大志，当不了宰相，一定要当谏官。因为"谏官得行其言，宰相得行其道"。

司马光恰恰是个善行言而拙行道的官员。

这次进京城前，他当判官、代理知县、通判，只能说中规中矩，看不出什么才华，做并州通判时，还闯下大乱子。入京后，当开封府推官，欧阳修是顶头上司（知府），尽管他勤奋勉力，"日没轩窗昏"才下班，忙忙碌碌，兢兢业业，也仅仅得到欧阳修肯定，只能说做得还不差。离开开封府后，调任三司度支勾院，负责财政审计，顶头上司是大名鼎鼎的包丞，同事有如日中天的王安石。他也是一天忙到晚，同样没得到认可。

或许可以这样说，琐碎事务掩盖了他的才华，遮挡了他的光芒，也可以说，他不擅长做具体工作。

司马光确实善于言事，达博的见识，方直的个性，让他总能发现问题，敢言事，善言事，能言事。

早在并州当通判时，他就曾向皇帝上书谈国事。那年，仁宗上朝时，突然口流涎水，从龙椅上跌落，这明显是中风了。司马光远在并州，听说后立即上《请建储副或进用宗室第一状》，建议仁宗皇帝尽快立嗣，以安天下心。一个多月后，再上《请建储副或进用宗室第二状》。他不是言事官，递上去后，心怀忐忑，只担心因言致祸，翘首等待几个月，状子若泥牛入海，杳无音信。

第二次给皇帝上书谈国事，是回到京城后，官职是知太常礼院，即主管朝廷礼乐、祭祀、爵号、谥号、封袭，继嗣礼仪的官员。

事情并不复杂，却关乎朝廷礼仪。大宦官麦充言死了，仁宗按重臣礼仪，赐司徒（三公之一，官阶一品）、安武节度使，仍意犹未尽，还要按最高礼仪动用上千人隆重送葬。事关国家礼仪，又是司马光分内之事，他必须站出来阻止。尽管这样做会拂了皇上的面子，也要让皇上收回成命。

结果很失败，引经据典，动之以情，晓之以理的状子，递上去却无声无响。

第二次向皇帝谏言，放了个哑炮，根本无人理会。

一次泥牛入海，一次放了哑炮，司马光再进言时，讲究了方法。

嘉祐三年，交趾国（今越南）向大宋进献了两只奇怪的动物，鼻上有角，身上有鳞，使者说："这就是传说中的神兽麒麟。"果真如此，若飞龙在天、有凤来仪，岂不是大宋吉兆？仁宗大喜。八月十六日，在崇政殿召开"麒麟"大会，宣来一众大臣观赏，司马光也在其列。众臣围着笼子察看，谁也说不清这怪物到底是不是麒麟，连见多识广的沈括（《梦溪笔谈》作者）也弄不清，只好看图说话，称之为"天禄"（传说中的另一种神兽）。司马光也围着笼子看，觉着不像，既是神兽，就应该翱翔天际，徜徉宇宙，汲天地之精华，哪有被人抓来，关在笼子里投食喂草之理。到底是个什么东西？司马光也说不清，称为奇兽。

如果不是麒麟，岂不被贻笑大方，让交趾国嘲笑中原无人，大宋朝的面子可丢尽了。

回去后，司马光挥洒笔墨，写出一篇《交趾献奇兽赋》。

此事过去几年后，仁宗让司马光当知制诰（代皇帝写诏书），司马光九次请辞，说诏书文辞高妙，殊众绝伦，自己不会"四六"（即不会用四六句写诏书）当不了。这篇赋却文采飞扬，满篇四六句。开篇先赞美皇帝，这是老规矩。接着说奇兽长相。"其为状也，熊颈而鸟喙，豨首而牛身，犀则无角，象而有鳞，其力甚武，其心则驯。"

再以仁宗为主写麒麟大会。面对众臣，皇帝"穆然深思，愀然不怡"，教导大家："不若以迎兽之劳，为迎士之用；养兽之费，为养贤之资。使功烈烜赫，声明葳蕤，废耳目一日之玩，为子孙万世之规，岂不美欤？"

最后的结论也以皇帝口吻发出，"由是观之，则彼裔夷之凡禽，瘴海之怪兽，皮不足以备车甲，肉不足以登俎豆，夫又何足以耗水衡之刍，而污百里之囿者哉？"这明明就是个凡兽、怪兽，皮不能装饰甲胄，肉不能充当食物，怎么能让它耗费钱财，污染皇家园林。

全文主旨是：皇上啊，不要再关注豢养这些怪兽，省点钱财精力，多干点正事儿吧，咱大宋有它不多，没它不少。

这哪里是颂扬，分明是嘲讽，将皇上的军。

嘉祐三年九月初三，司马光将此文以表章形式呈上。仁宗还算开明，看后哭笑不得，明白了怎么回事，将"麒麟"退回交趾国。

以现代人眼光，这件事实在滑稽可笑。不能怪大宋君臣无知，实在是那时资讯不发达，若是现在，只要去过动物园的小朋友都知道，那是两头犀牛。

事情发生时，司马光任开封府五品推官，麒麟大会本是分外之事，却让他在京城官场声名鹊起，引起仁宗皇帝关注。从此进入飞升阶段，第二年升为度支员外郎、直秘阁、判度支勾院。第三年官加同修起居注（记录皇上言行）。第四年当上同判礼部，同知谏院（谏院负责人）。

由此，司马光正式登上北宋政治舞台，开始了建言献策，匡正得失的台谏官生涯。

　　大宋政治体制中，台谏官责任重大。此前的谏官，不是歌功颂德，就是依托皇帝，用台谏官的话语权抓住宰相、重臣隐私，不遗余力攻击，赢取直言不讳、不畏强权的好名声。司马光政治理念明确，将台谏官视为兴利除弊、匡扶社稷的崇高职业。

　　既然身任谏官，就要守其职，尽其责。嘉祐六年五月二十八上任，到十二月十八，半年多时间，司马光至少上过三十二道奏章，其中最尖锐凌厉的是长达五千言的《进五规状》。在他看来，大宋有疾，病入膏肓，只剩下华丽外表，内部已腐朽不堪，到了非治不可的地步。

　　"五规"是为皇上立规矩、为大宋开药方。

　　他立的五规是：保业、惜时、远谋、重微、务实。其中保业是说：国君要兢兢业业，不生骄逸怠惰之心，以保国基业。惜时是说：珍惜太平时光，筑牢国家根基。远谋是说：深谋远虑，居安以思危。重微是说：防微杜渐，勿使逸乐奢侈、妄听谮言危及社稷江山。务实是说：注重实际，远离形式。

　　司马光学识渊博，善言善辩，一出口就将道理讲得通透明白。他讲保业，援古鉴今，引用东周故事，告诉仁宗，"太平之世难得"，失之甚易。如何能保住，要像保护房子一样，堂基要实，柱石要坚，栋梁要牢，茨盖要厚，垣墙要高，关键要严。一个国家，百姓是堂基，礼法是柱石，公卿是栋梁，百吏是茨盖，将帅是垣墙，兵甲是关键，此六者，君王需常思常想。

"务实"讲得最尖锐生动，他请求仁宗，"拔去浮文，悉敦本实"，"为国家者，必先实而后文也。夫安国家，利百姓，仁之实也。保基绪、传子孙，孝之实也。辨贵贱、立纲纪，礼之实也。和上下、亲远迩，乐之实也。决是非、明好恶，政之实也。诘奸邪、禁暴乱，刑之实也。察言行、试政事，求贤之实也……"。一口气讲出十个文而不实的弊端，矛头直指文过饰非的仁宗皇帝，指出大宋的病症是"文具而实亡，本失而末在"，像一艘胶粘的船，"抟土为楫，败布为帆，朽索为维，画以丹青，衣以文绣，使偶人驾之，而履其上。以之居平陆，则焕然信可观矣。若以之涉江河，犯风涛，岂不危哉？"

将仁宗皇帝像小学生般教导，将四代帝王苦心经营的大宋说得如此不堪，已尖锐到恶毒，犀利到刻薄，仁宗好脾气，读后竟没有生气。

如此疾恶如仇，司马光开出的药方却很简单："谨守祖宗之成法"。

嘉祐六年七月二十一，司马光就任台谏官后，第一次上殿面见皇帝，呈上三个札子（谏书），再次论述国政，矛头仍然指向至高无上的皇帝。第一札《陈三德上殿札子》，第二札《言御臣上殿札子》，第三札《言练兵上殿札子》，世称"嘉祐三札"。

这是司马光的亮相之作。在他看来，大宋之病，根在皇帝，"国之治乱，尽在人君"。国家要想长治久安，社稷要想高枕无忧，最高统治者的品德是关键。

《陈三德上殿札子》论述的是皇帝应具有的三种美德，即仁、明、武。

仁即仁爱。"兴教化，修政治，养百姓，利万物，此人君之仁也。"

明是辨别力。"知道义，识安危，别贤愚，辨是非，此人君之明也。"

武是判断力、意志力。"非强亢暴戾之谓也，惟道所在，断之不疑，奸不能惑，佞不能移，此人君之武也。"

总之，要想当一个好皇上，需要提高自身修养。

《言御臣上殿札子》说的是驾驭朝臣之道，"致治之道无他，在三而已：一曰任官，二曰信赏，三曰必罚"。

《言练兵上殿札子》说的是整顿军队，他主张精简军队，提高军队战斗素质。

好家伙，一上任，就上"五规"，进"三言"，这哪里是上谏言，明明是挑毛病，教导皇帝。说得好点，是高屋建瓴，挥斥方遒。说得不好，是蔑视圣上，妖言惑众。众朝臣都替他捏一把汗。还好，宋朝皇帝有祖训——"不杀言事官"。仁宗皇上也还心胸开阔，御览之后，将《陈三德上殿札子》留下，另外两札，分别御批给中书省和枢密院。

"嘉祐三札"包含着司马光的治国理念，后来，又把几乎相同内容的札子献给英宗、神宗，并对神宗说："（臣）平生力学所得，尽在是矣。"南宋人吕中后来评论："司马光辅四朝之规模，尽见于嘉祐入对之三札。"

司马光以温文尔雅之态，做刚劲生猛之事，他在北宋政治舞台上一亮相，就为自己的政治生涯定下了基调。此后二十多年，以不畏生死的态度直谏皇帝，以恣肆雄辩的奏章劝谏皇帝，以渊博通达的文章教导皇帝，成为他的政治使命。

## 五、冒死谏立储

　　上过"五规""三言"，一件关乎国家宗庙社稷的大事，摆在司马光面前。

　　仁宗皇帝龙体欠安，却还没有立储定下太子爷，一旦撒手尘寰，国家将陷于混乱。这是大宋迫在眉睫的至大至急之事，理应未雨绸缪，满朝文武却没一个人敢进言劝谏。司马光身为谏官，有这个责任，也有这个能力，问题是敢不敢。他博览群书，通观古今，应该知道，秦之吕不韦，汉之荀彧，唐之公孙无忌、裴寂都因卷入储位之争下场悲惨。殷鉴不远，他敢捅这个马蜂窝吗？

宋朝皇帝好像有男丁不旺基因，四任皇帝之中，三任为立储发愁。第一任皇帝太祖赵匡胤驾崩时，儿子太小，皇位由皇弟赵光义继承，留下"烛影斧声"的千古悬疑。第三任皇帝、仁宗的父亲真宗赵恒虽有六个儿子，却死了五个，已准备将乃弟之子赵允让立为皇储，老六（即仁宗）适时出生。民间演绎的"狸猫换太子"，即真宗嫔妃间故事。到仁宗这里又人丁不旺。仁宗五十二岁了，后宫佳丽成群，只给他生出十三个女儿，倒也有过三个儿子，却都早夭。仁宗不甘心，期望哪位后宫娘娘能在他驾崩前生出皇子。

如此大事，皇帝本人不急，宰相韩琦急。上过奏章十几次，仁宗不是面露愠色，就是做痛苦状，他不甘心啊！不甘心皇位落入非嫡子之手，对韩琦说："后宫一二将就馆，卿且待之。"意思是后宫又有嫔妃快生了，万一生出个儿子呢？爱卿还是等等。结果后宫倒是有嫔妃就馆，却一连生了五个公主。

已经等了七年，仁宗仍不甘心，还想有自己的儿子，朝臣谁敢再提立嗣？看到司马光的"五规""三言"，韩琦心中有了人选。"五规"中，司马光曾严厉批评仁宗不孝，"本根不固，有识寒心"，"本根"即指皇储，不立皇储，会令天下有识之士寒心。韩琦将主意打在司马光身上。

司马光比韩琦还急。还在并州任通判时，老朋友范镇第一个上书请立嗣，司马光鼓励"愿公以死争之"。自己也"处江湖之远则忧其君"，上过《请建储副或进用宗室第一状》，接着第二状，第三状，不但请皇上立储，而且为皇上想出了立储办法，不是无皇子吗？请以宗室子代替。

仁宗早就为无子嗣做过打算。景祐二年，仁宗已二十六岁，后宫娘娘们还没生下皇子，迫于无奈，只好抱养濮王赵允让第十三子赵宗实为养子，实际是养在宫里招弟，时年赵宗实四岁。四年后，招弟成功。仁宗有了亲儿子，赵宗实又被送回濮王府，经历了与乃父赵允让相同的命。也许是命里无子，仁宗的亲儿子只活到三岁，以后，又生过两个儿子，都相继夭折。

仁宗还在为生儿子努力，希望"诞育皇嗣"，后宫娘娘们的肚子鼓起来，又瘪下去，仁宗五十岁以后，娘娘们还给他生下五个孩子，可惜又全都是公主。仁宗无奈，却还抱有希望。

皇位散发出炫目的光华，令多少人垂涎，如今却无人继承。一时谣言四起，宗室跃跃欲试，宦官蠢蠢欲动，眼看天下将乱，朝臣们却集体失声，没人敢向皇帝谏言，他们怕啊，怕皇帝喜怒无常，怕触了龙体逆鳞掉脑袋。

抱着必死之心，司马光发声了。大宋朝堂为之一振，大宋天空骤现光亮。

嘉祐六年闰八月，司马光上《乞建储上殿札子》，请求仁宗将他在并州所上三道奏章再看看，对仁宗说："请陛下早定继嗣，以遏乱源。"

又说:"那时臣疏远在外,仍不敢隐忠爱死,数陈社稷大计,何况今日侍从陛下左右,又任职谏官。现在国家至大至急之事,莫过于建储立嗣,如舍而不言,就是奸邪不忠。如何定夺,就等陛下一句话。"

司马光的话既发乎义,又动乎情,步步紧逼。仁宗身体虚弱,平日朝臣奏事,仁宗不过点头而已,听司马光一番话,仁宗面无表情,沉默无言。

沉思良久,仁宗开口了:"你是说选宗室子为继嗣事吗?此乃忠臣之言,别人不敢提及罢了。"

司马光悬着的心放下来,说:"臣以为言此必死,未想到陛下能纳臣言。"

仁宗说:"这有什么关系,古往今来都有这种事。"然后让司马光将札子交到中书省。

司马光说:"事关重大,札子交给宰相,他也不敢处理,还请陛下直接向宰相下旨。"

没想到过去近一个月,仁宗动静全无,他不甘心,也犹豫不决,并没有将札子交给宰相。韩琦着急,司马光也着急,再上《乞建储上殿第二札子》。

这次上殿谏言,司马光除向仁宗陈言建储立嗣的利害关系外,还当面直指出仁宗犹豫不决的原因:"一定是有小人妖言惑上,说陛下春秋鼎盛,子孙当有千亿,这些人看似为皇上着想,实际是想拥立自己人。"

司马光给皇帝留面子，没有明说仁宗的心思，接着，为仁宗讲了两个故事。

一个是"定策国老"，说的是唐朝敬宗至宣宗四位皇帝在位时，宦官操纵大权，可以废立皇帝，宦官杨复恭自称是"定策国老"，以策立皇帝的功臣自居，称唐昭宗李晔为"负心门生"。

一个是"门生天子"，说的是中唐以后，帝位多由宦官决定，宦官视皇帝为门生，由此产生出多位"门生天子"，宦官左右朝政，祸乱朝纲，以致唐朝覆亡。

两个故事内容差不多，仁宗听后顿时惊呆，不待司马光再谏，突然开口："送中书。"这才将司马光的札子送入中书省交宰相处理。

司马光立即赶往中书省，见到宰相韩琦、曾公亮，副宰相欧阳修，说："诸公若不早拿主意，哪天宫中出片纸，说要立某人为太子，天下谁还敢说一个不字？"韩琦、曾公亮、欧阳修长揖施礼，连连点头称是。

司马光上札子时，殿中侍御史陈洙也写了一本内容相同的札子协助司马光，同样抱必死之心，奏章中说：陛下若以为臣怀有异心，不若将臣杀了，再用臣言。札子刚递上去，即饮鸩自尽，以明其志。

立嗣之谏，竟至于此，谏臣之净，感天动地。

有这样的同僚相助，司马光怎能不尽心尽力。

闰八月初五，仁宗召韩琦等人于垂拱殿，宣读完司马光、陈洙等人奏章，决定立嗣。

仁宗立的太子，正是曾抱养过的濮王之子赵宗实。九日，改宗实之名为（赵）曙。此时，赵曙已三十岁，有三子三女。天大的馅饼落到头上，赵曙却害怕了，迁延顾望，迟迟不敢入宫。至二十七日，司马光再上《请早令皇子入内札子》，指出：皇子名分不是官职，可以辞让，理应朝夕定省（早晚问安），岂可久处外宅？赵曙这才惶惶不安进了皇宫。

冒死谏皇帝建储立嗣，大宋天下免除了一场混乱。司马光尽到了谏官责任，朝野上下交口称赞，当年十一月，升为起居舍人、同知谏院，赐三品服。

# 六、为父老乡亲争讼

嘉祐八年，仁宗重病不起，三月二十九，于福宁殿驾崩，享年五十四岁。四月初一，赵曙继位，是为英宗，年号治平。

治平二年三月，春光正好，司马光携妻子张氏，踏上回乡旅程。

上次司马光回乡探亲，还是被恩师推荐，初入馆阁时。那一年，司马光三十二岁，正当精力充沛，又值春风得意，一路作诗吟诵，"徐驱款段马，放辔不呵咄。与尔同逍遥，红尘免蓬勃"。他从天阳渡（今大阳渡）过黄河，开始翻越中条山，山路崎岖，坡陡沟深，经车辋谷，爬过七里盐南坡时，他早已气喘吁吁，没有了先前的意气风发。他坐在一块磐石上休息，不由悲从中来，想到自己才三十来岁，事业未成，就有力不从心之感，顿时泪流满面。

十五年过去，还是那座山、那条路，司马光心态平和，与夫人一路缓辔徐行，从容至家。十五年前所建新宅已成旧庐，所植幼松亭亭如盖，故友们却头生华发，牙齿脱落，变化太大了。只有远处的中条山依然逶迤不绝，依稀可见。

这次回来，休假之外，另一件事是为父母"焚黄"。升任起居舍人，穿上三品官服，父母也追赐荣誉，发放告身，"焚黄"就是将抄写好的告身，在父母坟前焚烧。垂首坟前，祭上一樽薄酒，想起昔日父母的音容笑貌和谆谆教诲，司马光泪湿面颊。父母已离去二十多年，自己四十七岁，下一次再来，不知是什么时候。

想到这里，怆然感怀，作诗《光皇祐二年谒告归乡里至治平二年方得再来怆然感怀诗以纪事》：

> 十六载重归，顺涂歌《式微》。
>
> 青松敝庐在，白首故人稀。
>
> 外饰服章改，流光颜貌非。

　　巫咸旧山色，相见尚依依。


　　陕州知州得知司马光荣归故里，设宴相待。按司马光要求，宴席一荤三素，聊备薄酒。几杯薄酒入口，主客放松，聊起当地财政状况，知州大人连声叹气，说："州府仓廪空空，无钱无粮。"

　　司马光问："官员薪俸怎么发放，军人粮饷如何支付？"

　　知州面露难色，答："唯有临时凑，军粮不敢拖欠，凑足后先发军粮，再发官俸，实在凑不出，只有拖欠。"

　　知州说的情况，虽在司马光意料中，但还是让他心情沉重。地方上百姓赋税这么重，钱都去哪了？司马光很清楚，大宋官多、兵多、冗费多，朝廷挥霍无度，官员穷奢极欲，除了搜刮地方，勒索百姓，并没有什么好办法。

　　这次旧皇驾崩新皇登基，就花光了国库。为修仁宗陵墓，调动军人近五万，各种开销两千万贯，平均到每户百姓头上，每户负担近一贯。国库本来就空虚，地方上极尽所能，一面勒索百姓，一面挪用其他物资。本来准备的边防物资，被一夜之间拿走，用在为旧皇修陵墓上，"累岁边储，一日费之"。为一个皇帝尸身，几乎耗尽大宋国库。

　　新皇登基，同样大手大脚赏赐群臣，先是文武百官每人进官阶一级，赐新官服一套。优赏诸军，如乾兴故事，即按真宗逝世时，仁宗立的乾兴元年标准，如此一来，又是一大笔开销。另外，还可以分享先帝"遗爱"，即将先帝遗物分给君臣。这么做的目的，是要让群臣既享先帝遗爱，又得新帝恩宠，实际是用国家资源笼络贿赂官员以为己用。司马光一个四品谏官，仅享遗爱一项，所得珍珠金银，折合钱币也有一千三百贯，足以置个花园豪宅。如此皇恩浩荡，说到底还是出在百姓身上。

对此，司马光忧心忡忡，连上两个《言遗赐札子》，请求允许侍从之臣各随其意，自愿捐款，"以助山陵之费"。他以为这样就两全其美，可得到的答复是"乾兴无此例，不准"。司马光仍不改初衷，与几位同僚专程去捐款，又遭拒绝。无奈之下，只好将珍珠留在谏院，充作办公费用，金银送给穷亲戚，以示"义不藏于家"。

他如此洁身自好，也并不能缓解朝廷财政危机。司马光曾向皇帝、宰相上疏，反复陈说，可英宗皇帝装疯弄傻，宰相韩琦一意孤行。司马光再着急也没办法。

回家乡看到的第二件事，更让司马光痛心。

西北边境历经十多年承平后，再生战乱，朝廷下令，在陕西强征"义勇"。所谓义勇即民兵，为与一般农户区别，手背上要刺字，战时打仗，平时务农。此前在河北、河东路曾实行过，所以要在陕西实行，是因为宰相韩琦提出，陕西与河北、河东均临边陲，事当一体，也应刺民为兵。应刺征召令下达后，连居住深山穷谷的百姓也不能幸免，短时间内，手背上被刺上"义勇"二字的青壮男子达十五万之众。

司马光此次回乡，一多半与阻止这件事有关。

老家夏县属陕西路。回乡十余天，目之所见，到处是躲"刺义勇"流离失所的百姓。

与知州吃饭时，很自然谈到"刺义勇"。知州哭丧着脸说："地方上也知道，强征'义勇'，除了撑场面，上战场别无一用，可是有什么办法？朝廷敕令下来，地方官若完不成任务，轻则罢免，重则治罪，就这也没用？旧官员撤了，新官员上来，还得完成任务。"

听知州说完，司马光暗道惭愧。知州说的情况他早就了解，也向皇上进谏过。这回再听知州这么说，更加责怪自己没有尽到谏官职责。

二十六岁那年，为父母守孝期满，去延安探望恩师庞籍时，他曾见过乡兵苦状，闾阎之间，如人人有丧，户户被掠，号哭之声，弥山亘野，"天地为之惨凄，日月为之无光"。这种景象，至今留在记忆中。

这次陕西百姓再次被"刺义勇"，司马光以谏官身份，半月内连上六道《乞罢陕西义勇札子》，为父老乡亲抗争。他在札子中写道：陕西百姓本来三丁之中，已有一丁被刺为"保捷"，若再刺一丁做"义勇"，必将人人愁苦，户户惶恐。况且，朝廷既要赋敛农民之粟帛养活军队，又要借农民之身去当兵，这是要农民一家承担两家事。依臣看来，河北、河东已刺之民犹当放还，何况陕西未刺之民乎？

两道札子递上去后，皇帝、宰相无动于衷，司马光愤怒了，第三道札子义正词严，词锋直指皇帝：今日陕西，已困窘饥荒，民不聊生。朝廷却晏然坐视，毫不怜悯，难道为民父母者就该这样吗？

接着第四道，第五道，一道比一道心情急迫，一道比一道措辞严厉。

在《乞罢陕西义勇第五札子》中，司马光发出泣血之声："何忍以十余万无罪之赤子，尽刺以无用之兵乎？"并向英宗摊牌："若认为臣之见迂阔，不可施行，那么臣更不可久污谏诤之列，请别择贤才代之。"

英宗终于有所表示，却说："诏书已颁，岂可朝令夕改。"

得到这样的结果，司马光终夕不寐，再写第六道札子。次日上朝，与英宗在朝堂上激烈争辩，火药味十足，他说："陛下，万民之父母；万民，陛下之赤子。岂有父母误坠其子于井中，却说我已经误坠了，就忍心不去救出来？"

他请求英宗，要么收回成命，要么撤他的职。

即便如此，仍不能改变现状。知道刺陕西"义勇"主意是宰相韩琦出的，他直接去中书省找宰相韩琦理论。

韩琦并不服软，说："兵贵先声后实，李谅祚（西夏新帝，元昊之子）骄狂桀骜，听说陕西突增二十万军队，岂不震惊？"

司马光直指问题要害，说："兵固然贵先声夺人，然而若无其实，只可欺骗一二日，时间稍长，这办法就不好用。如今虽然增加了兵员，实际上这些兵都不能打仗，超不过十天，西夏人知道实情，你以为他们还会害怕吗？"

一番话说得在情在理，韩琦哑口无言。

司马光最担心的是，这些义勇早晚会被充军戍边，离开家乡。

韩琦保证："只要我在相府，就不必担心。"

司马光一字一句地说："我真不相信，只怕相公（宋代对宰相的敬称）也不自信吧？"

韩琦恼怒得差点掀桌子，说："你就这么看不起我吗？"

司马光不为所动，说："我绝不敢看不起相公，如果相公永远在这个位置上，我相信，可是一旦别人上来，就不一样了。"

韩琦默然无语，他当然知道没有人能永远做宰相，这位子早晚要换人。

一场激烈交锋，并没能改变陕西百姓的命运。

转眼到治平二年正月，朝廷又开始在开封府和京东、京西、淮南募兵，再次看到百姓遭受苦难，司马光的执拗劲又上来了。上书英宗，义正词严地痛斥朝廷募兵危害。说："边臣之请兵无穷，朝廷之募兵无已，仓库之粟帛有限，百姓之膏血有涯"，"愿陛下断自圣志"，"罢招禁军，但选择将帅，使之训练旧有之兵，以备御四夷，不患不足。"

状子递上去，再次若泥牛入海。他沮丧极了，同时对自己这个知谏院产生怀疑，当初上任时，是何等踌躇满志，想通过自己的一腔热血，匡扶正义，为民发声，此时才知道，自己不过是执宰大臣的工具，用时以为利器，不用时弃若敝屣。既然如此，还当这个知谏院做什么?

他决心辞职。回到家中,写辞职报告时,见砚台内墨汁结冰,长叹一声,吟咏《诗经》中的句子,"式微,式微,胡不归?"

夫人张氏附和:"写罢,咱就辞官回老家。"

这是司马光步入仕途以来的第一份辞职书,名为《乞降黜状》。刚写完,家中报晓鸡扯开嗓子鸣叫,声音刺破夜空,他突然想到,雄鸡尚能叫醒沉睡人,自己呢?叫过多少回,却毫无裨益,不由感慨系之,吟诗一首。

羽短笼深不得飞,久留宁为稻粱肥?

胶胶风雨鸣何苦,满室高眠正掩扉。

第二天,将辞职书递上去,没被批准,连上六份,仍未批准。不批准,告假休息总行吧?多少年没有给父母扫墓了,在坟前向父母倾诉心中苦闷,是最好的放松。

在家乡十多天,所见所闻深深刺痛了他,也打消了辞职的念头。他从小接受的是儒家学说,"修身、齐家、治国、平天下",深烙在脑海中,虽激一时义愤,提出辞职,但看到朝廷弊政,百姓疾苦,又怎能袖手旁观?

拜访白首故友时,司马光对"刺义勇"有了更深的了解。原来,地方上每刺一丁,朝廷补贴两千文钱,怪不得地方胥吏"刺义勇"无所不用其极。但是,朝廷答应的钱往往拨不下来,地方胥吏又巧立名目，将钱摊到百姓头上。这两年，灾害频发，百姓本来就贫穷，再出这种钱，更加苦不堪言。

得知这种情况，司马光气得胡子都吹了起来，为民请命，匡正时弊，从来就是官员职责，况且自己还身任谏官。当天晚上，回到故宅，连夜写《言钱粮上殿札子》，要求罢停百姓额外负担。半个月内连上六道《乞罢陕西义勇札子》，知道可能无济于事，但更坚定信念，白说也要说。

不轻言放弃，明知不可为而为之，在外人看来，是司马光的"迂"，却正是他性格中可贵的一面。

## 七、再为百姓发声

回到朝中,不等提百姓疾苦事,一场史称"濮仪"的礼法之争开始。司马光深陷其中。

英宗登基以来,放着诸多国家大事装疯卖傻,却为自己亲生父亲濮王赵允让如何称呼纠结。英宗是过继来的,却是当今皇帝,他想为父亲正名,追尊其为皇父(死后称考)。

英宗要争的是亲情，却有悖礼法。

皇家事即为国家事，不能不在朝中掀起波涛。满朝大臣都卷入其中，分为两派：一派可称"皇伯派"，为首的是司马光等台谏官；一派可称"皇考派"，为首的是韩琦、欧阳修等宰执大臣。两方成员个个满腹经纶，学识渊博。争论的焦点：一是司马光在提出"尊无二上"，应称仁宗为"皇考"，亲生父亲为"皇伯"；一是欧阳修提出的"降而不绝"，主张亲不可降，"降者，降其外物尔，丧服是也"，意思是，生父就是生父，不可改变，只在为养父仁宗出殡守丧时，穿上儿子服装，其他时间称其亲生父亲为皇父（考）。

这是场名誉争夺战，双方势不两立，激烈交锋。

九百多年前，西汉哀帝为生父争过；七百多年前，东汉安帝、桓帝、灵帝也为生父争过；三百多年后，明朝嘉靖皇帝朱厚熜同样也演了一出与"濮仪"之争类似的剧情。可见，在帝王心中，名誉之争并非无聊小事。

司马光上《与翰林学士王珪等议濮安懿王典礼状》《言濮王典礼札子》后，再上《论追尊濮安懿王为安懿皇札子》，指出：皇上效汉代昏君，尊亲父为皇，并非光彩事，对皇上不利，对濮王本人无益，希望英宗速罢此议。

欧阳修写《为后或问》，指出："父子之道，正也，所谓天性之至者，仁之道也；为人后者权也，权而适宜者，义之制也。"

争论的结果"皇考派"获胜，"皇伯派"惨败，多数台谏官被贬职，发配到地方，他们得罪了当今皇帝，又与宰相们为敌，这样的结果并不意外。

谏官们都被外放，作为"皇伯派"旗手，司马光反而被留下。他败了，而且败得很惨，却虽败犹荣，赢得朝野上下尊重。

司马光在谏官任上已干了五年多，是本朝任职时间最长的谏官。治平二年十月，一纸诏书下来，司马光由天章阁待制升任龙图阁学士兼经筵侍讲，正式成为三品官，卸任知谏院。

他在谏院大门外肃立良久，望初任知谏院时，亲手立在大门口的"谏院题名石"，内心五味杂陈。"居是官者……专利国家，而不为身谋。彼汲汲于名者，犹汲汲于利也。其间相去何远哉！"这是他做谏官的感叹，也是他做谏官的宣言。"谏院题名石"又是个公示牌，刻上谏官的名字、任期，任后人评说。总结这五年多的谏官生涯，司马光认为自己不是一个合格的谏官。他说的是真心话，上疏请罢"刺义勇"，他失败了；乞罢百姓钱粮，没人理；"濮仪"交锋中，他又失败了，因而，自请处分，请求外放地方，做一个小官，而不是升为龙图阁学士。

他又自省无愧于心，谏官可以罢去，信念不能不坚守。在给英宗的奏状中写道：朝廷给臣加官晋级，臣只怕受了这番恩宠后，更加怀念谏官岗位。若还让臣当谏官，仍不免要得罪皇上。

这话的意思很明白，只要我当谏官，就决不退缩，哪怕招致砍头之祸，也不改变。

几句话，表现出司马光的个性，执着、耿介、知无不言、宁折不弯。哪怕对方是当今皇帝，也能豁出去，在朝堂上公开叫板。

谏官被免去，龙图阁学士是个虚职，司马光真正能做的事，是在经筵上为皇帝讲课。从这一年开始，司马光开始编撰《通志》，作为经筵教材，为以后修《资治通鉴》开了头。

治平四年正月初八，英宗驾崩，时年三十五岁。二十岁的赵顼登基，是为宋神宗，年号熙宁。

英宗在位近四年，基本无所作为，所做大事就是"濮仪"之争。面对这样的皇帝，司马光想为民发声，怎么可能？

英宗所做的另一件事与司马光有关。作为帝师经筵讲课后，司马光进呈所撰《通志》八卷，甚得英宗赏识，奉旨开设书局专修史书，《通志》由私修变为官修。神宗继位后，当年十月，御赐书名为《资治通鉴》，并亲作序。

一朝天子一朝臣。新帝上位，参知政事（副宰相）欧阳修首先遭人诬陷，离任前，向神宗举荐司马光。"濮仪"之争时，两个人还是你死我活的政敌，此时，欧阳修颇具古君子之风、长者之德，评价司马光："光于国有功，为不浅矣，可谓社稷之臣也。而其识虑深远，性尤慎密。"

欧阳修的话起了作用，司马光很快被擢升为翰林学士。不久，又以龙图阁学士改任御史中丞，这同样是个言官，为御史台副长官，负责弹劾执政大臣。上任不足两个月，司马光得到再次为百姓发声的机会。

熙宁元年六月，河北大旱，大量流民涌进开封。朝廷为防饥民暴乱，拿出仓廪陈米赈济。规定每户二石，实际按大人一斗，小孩五升发，然后驱离京城。

司马光权衡其中利弊，向新帝神宗上《言赈赡流民札子》。

他说："以恤民之名，掩人耳目，这办法看似还行，实则有损无益。"

朝廷救济百姓明明是好事，为什么说无益呢？

百姓向什么地方流落，要看利害，京城可以生存，赶也赶不走；地方上可以生存，留也留不住。若河北其他地方灾民得知京城放粮，必然纷至沓来，京师粟米有限，而河北饥民无穷，这样下去，聚于京城的百姓岂不活活饿死？再说，就是领到一斗、五升米，也吃不了几天，岂能帮助他们度过灾荒？

要解决流民问题，首先要弄清流民是怎样形成的。司马光认为，问题出在平时，根源在地方官吏。

百姓从来安土重迁，若非无法生存，谁愿意背井离乡，乞讨度日呢？只因丰稔之年，粮食充盈，公家不肯籴米，私家不敢积蓄，上下偷懒，不肯做长久之计，遇到灾荒就束手无策。更有甚者，地方官吏用人不当，增无名之赋，兴不急之役，百姓无法生活，难免产生去外地流浪的想法，丢下几代人积累的家产，扶老携幼，走上逃荒路。若所到之处，仍无法生存，老幼走不动，会死于沟壑，青壮不再走，会变为盗贼。天下能安定吗？

问题很严重，怎样解决？

司马光说："办法再好，都不如将人用好。选派公正无私的人作监司，察访渎职地方官，将其撤换，让有能力的人担任，然后多方调集粮食。先从本地农民手里借，如果富户有积蓄，官府给其文书，允许其借贷，但要规定利息。等到丰收之时，由官府归还。如此一来，百姓必将争相积蓄，而在外饥民得知家乡有活路，自然不愿意放弃家业，浮游外乡。居者既安，则行者思返，县县都这样的话，岂得复有流民哉？"

奏状将利弊、原因、解决办法，都说得有理有据。神宗新就大位，求治心切，采纳了司马光的建议。下诏：河北转运使司约束所辖州县，信加存恤。

司马光仍放心不下，一面催促落实，一面继续关注思考"害农之弊"。

几天后，延和殿议事时，司马光对神宗说："下面既有好建议，陛下就应该下决心去实行。"

神宗说："可大臣们多不想实行。"

司马光不假思索地说："陛下咨询博学之人增加智慧，乃社稷之福，而非大臣之利。"

年轻的神宗爱听人夸，尤其是爱听司马光这样博学的老臣夸，很快下旨派人落实。

不久，司马光再次发现朝廷的"害农之弊"，九月，向神宗上《论衙前札子》。

北宋时期，农民负担极重，赋税之外还有徭役。司马光这次上奏论述的是"衙前"役。

宋朝官制沿袭唐朝，各州县有官无吏，以县为例，知县之外，再有县尉、主簿，若小说《水浒传》中宋江所任押司、武松所任都头都是临时雇用，用谁不用谁，只在县老爷一句话。平时，县衙门要办事，比如收税、捕盗、官物运输等衙前差使，主要靠农民来衙前服役。按说这活不错，要是知道支这种官差，没工资，没贴补，自带干粮，出了差错，不光要全额赔偿，还要挨板子，许多人因服衙前役，落得倾家荡产，还有谁愿意干？地方上的解决办法是派下去，先让各个里正轮流。可里正只愿意收税，因为这事有赚头。在衙前当差就不一样了，一旦丢失官物，谁赔得起？最后弄得谁也不愿意当里正。宰相韩琦发现问题后，将"里正衙前"，改为"乡户衙前"，即让本乡富户做这事，每年从一富户抽一丁服衙前役。这样一来，谁家也不愿意当富户，兄弟分家、父子分居，总之，想法变穷，变不穷也要装穷。有一户人家，父子二人须抽一丁，父亲对儿子说："我死了，可给你留条活路。"结果上吊自杀。一时，乡间鸡飞狗跳，怨声载道。逃不脱官役，大家就相互比谁穷，而且越穷的地方越想穷，在他们看来，穷至少比去衙前服役强。一项害农之弊竟将百姓逼到如此境地，司马光痛心疾首。

在这个札子中，司马光提到三月回乡时了解到的农民惨状。

他在札子中写道：臣在乡村行走，看到农民一家比一家穷。问为什么会这样。都说是不敢富，想多种一株桑，多买一头牛，多存两年口粮，多藏十匹帛，就会被邻里视为富户，会被选去充衙前役。农民哪还敢再增加田亩、修葺房屋？臣听了特别伤心，哪有圣明帝王在上，四方无事，却让百姓不敢为长久之计的？

他建议神宗下诏，让各地权衡利弊，因地制宜，各随所便，找出合理的解决办法，让百姓敢营生计，敢去追求幸福生活。这是司马光以御史中丞身份上的最后一个札子。当月，神宗下旨，免去司马光中丞，专任翰林学士兼经筵侍讲（为皇帝讲经学）。

## 八、与王安石的御前交锋

司马光由御史中丞改任翰林学士兼经筵侍讲时，大宋已山雨欲来，正酝酿着一场疾风暴雨式的变革，主持这场变革的人是司马光的好友、时任参知政事的王安石。

年轻的神宗皇帝即位后，一面雄心勃勃急于确立皇权，一面又为朝廷捉襟见肘的财政状况发愁。大宋的财政窘境由来已久，立国以来，北之契丹（辽），西之党项（西夏），不断滋扰蚕食大宋疆域。每次大战过后，大宋都以金钱换和平。宋辽"澶渊之盟"，每年向辽提供岁币银十万两、绢二十万匹。宋夏"庆历和议"，每年向西夏提供岁币银七万二千两、绢十五万匹、茶三万斤，称为"岁赐"。战争结束后，大力扩展兵员，又造成冗员、冗兵、冗费，空耗府库。至神宗继位时，国库空虚，已到了入不敷出的境地。熙宁元年六月至八月，京师、河朔地震，黄河泛滥，灾民缺衣少食，朝廷却拿不出钱，只好卖官筹资，让救灾大臣拿着"空名敕"（空头委任状）下去，谁出钱填谁的名字。让神宗心焦的，还有父皇英宗的陵寝，建到一半，居然因缺银无法封顶，解决的办法也是卖官，外加卖度牒（和尚执照）。皇帝当到这个份上，神宗心急如焚，迫切需要大臣拿出解决办法。

阴云笼罩大宋天空，亟须出现一缕阳光。

神宗实际要的是理财之术，对宰相文彦博说："当今理财最为急务，养兵备边，府库不可不丰，大臣宜共留意。"

司马光所任经筵侍讲，直白说，即为皇帝老师。神宗病急乱投医，也曾向司马光请教过理财术。司马身任帝师，为皇帝讲课，目的是"致君尧舜"，通过道德说教，将皇帝培养为尧、舜那样的明君，根本不屑于"术"。对朝廷的财政困窘，早在六年前，给仁宗所奏《论财利疏》中，就提出三种解决办法："随材用人而久任之"，"养其本原而徐取之"，"减损浮冗而省用之"，即用好官员，与民生息，裁减冗费。这次，神宗提出"当今理财最为急务"，司马光再次呼吁裁减冗费。神宗按司马光的思路，想成立一个新机构，专门负责裁减冗费，由司马光负责。司马光毫不犹豫地拒绝了。

朝廷本来就有类似财政部的机构，名为三司（计府），再成立一个精简节约领导小组，等于机构重复，冗员之外再加冗员。司马光口头请辞未准，又上《辞免裁减国用札子》。请辞的理由有二：一是国用所以不足，在于用度太奢，赏赐不节，宗室繁多，官职冗滥，军旅不精。这些都不是成立一个机构能够裁减的，干不了。二是，要奉旨修《资治通鉴》，文字浩繁，朝夕少暇，没时间。皇帝要理财之术，司马光不屑为之，宰相文彦博、富弼不能为之。神宗又想到了一个人，即被称为天纵之才的王安石。

王安石（1021—1086），字介甫，抚州临川（今江西抚州）人。早年即以诗文得大名，科举殿试，只因文章中出现一个"朋"字，由本来的状元，被仁宗降为第四名。王安石为人恃才自负，生活上却不讲究，不修边幅，相貌也不敢恭维，被苏洵称为"囚首丧面"。嘉祐五年五月，王安石来京在三司任职，与司马光是同事，两人仪表不同，性格却相似，不苟同，不屈就，都不是一般的执拗倔强，又都才华横溢，相互欣赏，常作诗唱和。大名鼎鼎的包拯为权三司使，手下人才济济，王安石、司马光之外，还有吕公著、韩维。四人在包拯手下交谊甚厚，时人誉为"嘉祐四友"。以后，四人中有三人做到宰相。与司马光相比，王安石更特行独立，不认同的事决不做，初来京城，上司包拯设宴接风，请来不少京城名流。包拯乘兴连饮数杯，吕公著、韩维也一饮而尽。司马光不善饮酒，也顾及包拯面子，勉强喝下去。王安石是宴会主角，却说不喝就不喝，一点也不给上司面子。这是司马光头一次领教王安石的执拗，以后，与人谈起这件事，说："介甫终席不饮，包公不能强也，某以此知其不屈。"

嘉祐八年八月，王安石丁母忧，终英宗之世，屡召不至，隐居金陵讲学。这次，被拜为翰林学士，却一召即来，包拯手下的"嘉祐四友"再次齐聚京师，时过境迁，再也不可能像八年前那样，吟诗唱和，悠游河畔。八年时间，四人观念都发生变化，再次相聚，他们只是同僚，却不可能再志同道合。

王安石来京城前，派儿子王雱（字元泽）打前站，在京城找房子。有人不理解，说房子还不好找吗？王雱说："恐怕不容易。家父的意思是要跟司马十二伯伯（司马光在家族中排行十二）做邻居。家父常说，司马十二伯伯修身、齐家，事事都可做年轻人的榜样。"

熙宁元年四月初四，王安石一到京城，即奉召入宫，神宗开门见山，问："所治何先？"

王安石不假思索回答："择术为先。"

仅四个字，大合神宗心愿。年轻的神宗皇帝终于找到了可用之人。

影响大宋国运的"熙宁变法"即将开始，王安石闪亮登场。

早在八年前，王安石在三司任职时，已形成自己的理财思路，即"因天下之力，以生天下之财；取天下之财，以供天下之费"。这次奉召前来，理财思路更明确，就是要效法汉武帝时期桑弘羊的方法，"民不益赋而天下用饶"，但是，这可能吗？司马光首先有不同看法。

八月十一，司马光、王安石、王珪三位翰林学士为神宗经筵（讲课）结束后，奉旨来到迩英殿，本来要讨论河溯灾害后，皇帝还要不要按照惯例，在南郊祭祀之后大赏群臣。不料，一进迩英殿，司马光与王安石当着神宗面，在御前就酝酿中的新政激烈交锋。

迩英殿内，神宗高坐御榻之上，司马光与王安石面对面侍立，两个人都学识博达，言辞犀利。话题由郊祭赏赐引起。

司马光首先发言："如今国家用度不足，灾害接踵而来，财政雪上加霜，必须裁减不必要开支。要做到这点，应从皇帝近臣开始，中书、枢密二府大臣主动辞让南郊赏赐。陛下应当接受，成全其忠君爱国之心。"

司马光话刚说完，王安石马上引经据典反驳："大宋富有四海之地，南郊赏赐花不了几个钱，却吝惜不给，省下这几个小钱，不足以使国家富裕，只会白白损伤大宋体面。唐朝时，代宗皇帝每日让御厨为宰相供膳，宰相常衮请求取消，朝臣纷纷上疏反对，认为常衮担不起这种待遇，就应主动辞职，不该省这么点小钱为自己博取名声。如今，两府辞谢南郊赏赐，正与此同。"

王安石侃侃而谈。司马光仔细倾听，认真琢磨，越听越感觉王安石的宏论大谬。平心而论，王安石拿常衮来说事，并不高明，因为常衮是个碌碌无为的宰相，常被后人讥讽。

二府大臣南郊赏赐要多少钱呢？司马光算过账，三年前，英宗南郊赏赐花费七百余万，对一个国家来说，的确是小钱，省下也未必能救今日之灾。但是否就像王安石所说"我大宋富有四海"，区区小钱不必节省呢？如此说来，朝廷每笔开销，单独算来，都是小钱，是不是都不必节省？

王安石接下来的话，更让司马光吃惊。他说："且国用不足，非当今之急务也。"

朝廷的财政状况，司马光清楚，王安石更清楚，已到捉襟见肘的境地，凭什么说"非当今之急务"？

司马光立刻反驳："常衮辞谢宰相待遇，起码比那些享受待遇、坐在宰相位上尸位素餐的人强。如今，国用不足是最急迫的大事，安石谬矣。"

司马光的话，似乎早在王安石预料之中，他立即改变话题，说："国用所以不足，是因为没得到善于理财之人。"

司马光提高了嗓门反驳："善于理财之人，不过是以苛刻繁重赋税搜刮百姓财富罢了！可那样一来，百姓穷困，会沦为强盗，难道是国家之福？"

王安石也很激动，大声说："你说的不是善于理财之人。"接着，说出了那句指导新法的宏论——"善理财者，民不加赋而国用足"。

双方互不相让，剑拔弩张。王安石所说的这句话，是引用司马迁《史记》所记汉代桑弘羊的观点。司马光学贯古今，焉能不知？桑弘羊所谓的民不加赋，只不过不向士农工商"四民"中的农民加赋，根本就没有将其他三者当民，最终引起汉武帝后期社会动荡。

对王安石的话，司马光嗤之以鼻，接着提出了闻名后世的论断："天地所生财货百物，止有此数，不在民则在官；譬如雨泽，夏涝则秋旱。不加赋而上用足，不过设法侵夺民利，其害甚于加赋也。"这根本就是桑弘羊欺骗汉武帝的话，司马迁记载此话，是在嘲讽汉武帝。

司马光是将天下财富比作一个大蛋糕，官府切去多了，必然掠夺百姓，王安石恰恰是要切去属于百姓的那一部分。

接着，司马光又驳斥道："果如所言，武帝末年安得盗贼蜂起，遣绣衣使者逐捕之乎？"

司马光的"天地所生财货百物，止有此数，不在民则在官"，成为后世学者指责其保守的依据。认为他不承认社会财富的可增长性。学者们都忽略了一个基本事实，即，神宗变法的出发点是"理天下之财"，即重新分配财富，而不是怎样开财富之源，增长财富。这就牵到富国还是富民的问题。

其实，司马光也有自己的理财思路，在《论财利疏》中说过："善治财者不然，将取之，必予之；将敛之，必散之。故日计之不足，而岁计之有余。"因而，劝农桑，薄赋敛，养民力，以富同财，才是增加朝廷收入的根本途径。这种思路与王安石推崇的桑弘羊理财之道正好相反。

王安石见话题扯远了，又调转话头，继续说南郊赏赐事，举了个本朝的例子，说："太祖时，赵普等人为相，赏赐动辄以万计，这次赏赐，不过此数，哪里算多？"

见王安石转移话题，司马光说："赵普诸公运筹帷幄，平定割据，赏几万都不算多。这次二府大臣南郊祭祀，不过禀报一下，在皇帝祭拜前端端洗脸水（办盥沃），递递毛巾（奉帨巾），有什么功劳，怎能与赵普相比？"

两人你来我往，以话堵话，争得面红耳赤，好像忘了御榻上的皇帝。翰林学士承旨王珪不得不出来打圆场："君实说裁减冗费从贵近开始，有道理；介甫说有伤国体，也有道理，请陛下裁定。"

可以看出，王珪精于世故，圆滑老到，谁都不想得罪。

神宗高坐御榻，一言不发，听两位最善辩的朝臣激烈交锋，正做沉思状，见王珪将皮球踢过来，不能不说话了，索性也和一把稀泥，说："朕意与光同，今且以不允答之。"意思是：我同意司马光的意见，赞成减免二府赏赐，但暂时按王安石意见批复，即还要按惯例赏赐二府大臣。可以看出，这时，神宗已明显倾向于王安石了。

这次交锋双方打了个平手，司马光却在朝野上下赢得一片赞誉声，被推上风口浪尖，成为反变法的旗帜式人物。但他仍欣赏王安石的才华，尤其欣赏王安石几乎完美的品德。即使与王安石交锋，也是对事不对人，将二人的分歧视为"君子和而不同"，目的都是"辅世养民"。

## 九、阿云案风波与王安石的布局

迩英殿之争,司马光赢得舆论,却没有得到皇帝支持。神宗越来越对王安石"偏听独任"。皇宫之内,经常可见一种情景:殿外,众宰相长时间肃立,腰腿困乏,在凄风中瑟瑟发抖,等待皇帝召见;殿内,神宗与王安石相谈甚欢,一谈就是几个时辰。宰相们饿着肚子,好不容易等到皇帝召见奏事,才刚说几句,刚入正题，神宗就不耐烦，一句话打发："我问过王安石了，他说行，就这么办。"

副宰相唐介是个直肠子，仁宗时期就是与包拯齐名的谏臣，朝神宗发火："我近来常听说陛下凡事都要问王安石，如此一来，还要宰相大臣做什么？倘若陛下觉得我们没用，请先罢免了。"

这只是开始，神宗需要王安石，相信王安石，任何对王安石不利的人，都要走开。王安石虽然还与司马光一样，只是个翰林学士，俨然比宰相还有权威。

而此时的司马光连说话的机会都没有。

熙宁元年六七月间，河北多地黄河决口，形成两条河道，一条是向北的旧河道，一条是向东的新河道。这次泛滥的是东流的新河道。十一月十八，神宗下旨，派司马光与宦官张茂则乘驿站车马，前往河北实地考察黄河周边情况。

治理黄河是朝中大事，司马光书生气重，并没有感到此行与朝堂争执有关，反倒认为是皇帝委以重任。考察一个多月，他长途跋涉，风尘仆仆，连过年都在考察途中度过。察看地形，辩证水势，详细论证河水走向成因，形成了完整的治河方案。

熙宁二年正月，回京复命，提出塞北流疏东流方案，即在黄河分流处修上下两条丁字坝，加大东流水量，让河水冲刷泥沙，自然壅塞北流。

方案虽然遭到众多朝臣反对，却因为王安石支持，神宗拍板通过。这是司马光与王安石的最后一次达成共识，可谓绝响。

司马光离开京城的两个多月时间里，神宗与王安石更加亲厚，几乎合为一人，凡事都听王安石意见，并开始为王安石上位布局。

二月初三，神宗不顾众臣反对，任命王安石为参知政事（副宰相）。在这前一天，参与过"庆历新政"的三朝元老富弼，被任命为宰相。加上原来的次相曾公亮、参知政事唐介和赵抃，正副宰相共五位。可是，还没过两个月，唐介被王安石气死了。

事情缘于两年前的一桩弑夫案。登州姑娘阿云，在为母亲服丧未满时，被叔父嫁给又丑又老的光棍汉韦阿大为妻。阿云"嫌婿陋"，不惜铤而走险，趁月黑风高，手持腰刀，悄悄来到田舍，朝酣睡中的韦阿大一阵乱砍。韦阿大身中十余刀，没被杀死，断一指，因阿云力微侥幸活命。阿云被捕后，如实招供。登州知州许遵判决：阿云结亲时，"母服未除，应以凡人论"，婚姻无效，故不属谋杀亲夫，且有自首情节，可免死，流放两千五百里。

小小一个弑夫致残案，报至朝廷，引起轩然大波。按《宋刑统》规定，大理寺判阿云绞刑，再交刑部，仍判绞刑。见这么一位年轻美貌的姑娘即将殒命，年轻的神宗大动恻隐之心，想对阿云法外开恩，下旨交翰林学士王安石和司马光重审。此案的关键，一是弑夫重罪，适不适应自首减罪原则。二是被捕获后交代犯罪情节，算不算自首。三是阿云杀的到底是亲夫还是路人。司马光认为，法即是法，不应因人而异，更不应随便解释，自古以来，王子犯法与庶民同罪，不能因为阿云年轻漂亮，皇上同情她，就想尽理由开脱减罪，韦阿大因为年老丑陋，被杀致残就活该。如此，以后大宋法律还不是若面团一般，任人揉捏。

王安石坚定地站在许遵一边，认为阿云案适用自首减刑原则，主张"谋杀已伤，按问，欲举自首者，从谋杀减二等论"。

支持司马光的，有一大批德高望重的朝臣，包括司法部门和台谏官。

支持王安石的，有"嘉祐四友"中的吕公著和韩维。

四次复议后，处理结果是，按皇上的意见办。熙宁元年七月初三，神宗颁诏，宣布谋杀犯罪适用自首减刑原则，阿云不死。王安石的意志上升为国家意志，变为法律新规。

阿云案结束了，由此引起的司法争论还远未结束。

清代乾隆皇帝曾对此案做过御批："妇谋杀夫，悖恶极矣！伤虽未死，而谋则已行，岂可因幸而获生，以逭其杀夫之罪？"

中国近代刑法之父、清末法律名家沈家本也曾详论此案："阿云谋杀未昏（婚）夫，刀斫十余创之多，并断其一指，情形极为凶恶。杀而不死，乃不能，非不为也。初无追悔之心，未有首陈之状。许（遵）王（安石）所议，显与律意相违。"

直到近千年后的今天，司法界仍在争论。

这次，唐介就是因为反对司法新规，与王安石在朝堂上争吵。唐介个性刚劲，有话就说，认为弑夫这样的恶性案件，适用自首减刑原则，等于鼓励杀人。王安石能言善辩，唐介嘴拙，本来就不是对手，最要命的是王安石给唐介扣了个天大的帽子，说："那些认为谋杀罪不能自首减刑的，都是朋党。"

朋党是什么？即结党营私，组成小团体对抗朝廷，乃杀头之罪。在专制社会，这是所有朝臣都闻之色变的罪名。这就是王安石，对反对派，称为流俗犹嫌不够，再称为朋党。自己当年科举考试，只因试卷上有个"朋"字，由状元降至第四名，已领教过"朋党"罪名的可怕，这时，却以"朋党"陷人于不义，确实不地道。唐介听后，如同受到重重一击，面红耳赤，再也说不出话。

当晚，唐介回到家中，脱去朝服，突然倒地昏迷，不久"疽发于背而卒"。一个才刚满六十岁的副宰相，被活活气死。

二人朝堂争执前，司马光再次奉命去河北考察黄河，天气炎热，骄阳似火，一行人不得不昼伏夜出，司马光自嘲："昼伏如墙鼠，宵行似野萤。"这次考察为时一个月，四月底才回到京城。八月，又以都大提举（工程总指挥）身份，再次视察黄河。

等司马光再次回来，宰相府成了王安石一个人的天下。两位宰相，曾公亮年事已高，请求致仕；富弼请了病假，经常不上朝。三位副宰相，唐介已死，赵抃遇事争不过王安石，只好连声叫苦，只有王安石生龙活虎，一手遮天。朝臣因此用"生、老、病、死、苦"来形容宰相府。

得到皇帝信任，在宰相府确立了权威，下一步，王安石要在舆论监督上，为变法扫清障碍，原则是：所有反对者都要离开。

王安石任副宰相时，就遭到一片反对声。其中，对王安石意见最大，第一个上书弹劾的是御史中丞吕诲。他认为："安石虽有时名，然好执偏见，不通物情，轻信奸回，喜人佞己，听其言则美，施于用则疏。若在侍从，犹或可容；置之宰辅，天下必受其祸。"为此，连上两章弹劾王安石过失十事，称王安石"大奸似忠，大诈似信"，"罔上欺下，文言饰非"。当年六月，吕诲被免去御史中丞，出知邓州。

开封知府郑獬，也是王安石新法的反对者。阿云案发生后，开封府也发生了一个类似案件。开封人喻兴伙同其妻阿牛，谋杀了一位叫阿李的女子，案发之后自首。按照阿云案后新颁司法条例，喻兴夫妻可减刑不死，郑獬拒绝按新法执行。在王安石看来，这是挑战新法权威。但他只是副宰相，没资格撤换一个知府。趁宰相富弼请病假，曾公亮出使辽国，王安石越俎代庖，开出一纸调令，将郑獬从京城开封调往杭州。

这还远远不够，郑獬被调职前后，凡反对王安石新法的人，如翰林学士滕甫、宣徽北院使王拱辰、知谏院钱公辅、侍御史知杂事兼判刑部刘述和同僚丁讽、王师元等人都被调离京城，外放地方。

此前，北宋从无直接罢免台谏官先例，由王安石起，这个传统被打破了。

青年才俊苏轼、苏辙兄弟也受到王安石排挤，理由也是赤裸裸的：二人所学、言论都与他不同，无法共事。"自是人不附己者始挤之矣。"王安石又打破北宋一个传统。

王安石需要的是自己认为能干的人，说："如今想要理好财，必须提拔能干之人。德与才不能兼备时，宁肯'舍德取才'。"一

109

批阿附王安石的官员从地方上提拔上来，如，司勋员外郎崔台符对王安石举手加额，说："数百年误用刑名，今乃得正！"王安石大喜，提拔崔台符判大理寺。真州推官吕惠卿，与王安石相谈甚欢，结为友人，王安石也向神宗大力举荐，越级提拔。

从这几件事可以看出，王安石确实近于偏执，缺少肚量，为达目的，不择手段排斥异己，压制舆论，甚至不将国家法度放在眼里。

司马光也很偏执，但偏执的是道德品质，对有道德污点的人，哪怕再精明强干，也绝不容忍。这是他的底线，是对官员任用的一票否决，是突破王安石布局的一柄利器。

司马光的突破点是王安石的亲信吕惠卿。

王安石在人事、舆论上完成布局，接下来的一个举措，是成立变法领导机构，"经画邦计，议变旧法，以通天下之利"，名曰制置三司条例司。

这是个专为变法而设的临时机构，凌驾于两府（中书省、枢密院）之上，取代了政府职能，所有变法政令皆出于此。领导由两府各出一人，分别为参知政事王安石、枢密副使陈升之，等于政务、军事集于一体。负责具体事务的，正是刚从真州推官提拔上来的七品官吕惠卿，官职为条例司检详文字，级别不高，却实际主持条例司日常工作。王安石对吕惠卿极度信任，大小事都与其商量，各种奏章均出自其手。

对条例司这种编外机构，司马光早有自己的看法，前面说过，神宗想成立一个裁减国用的领导机构，让司马光和滕甫负责，被司马光严词拒绝，理由是重设机构，会乱了纲纪。这次，条例司成立，司马光直接斥为"大臣夺小臣之事，小臣侵大臣之职"。

司马光更担心的是王安石的独断专行影响了年轻的神宗，为理财而变法，什么都不要了，包括道德品质、社会风尚、国家秩序、祖宗法规。这等于怂恿皇帝打破传统，冲破制度，长此以往，还有什么能约束皇帝？专制社会中，帝王本来就唯我独尊，若再肆意妄为、不受制约，最终会变为暴君、昏君，吞噬一切，毁灭一切，包括大宋朝。

司马光想得更长远，王安石做得更现实。

吕惠卿也是进士出身，学识宏富。王安石向神宗的推荐语是："惠卿之贤，岂特今人，虽前世儒者未易比也。学先王之道而能用者，独惠卿而已。"

虽有王安石举荐，吕惠卿本人却行为不检点，在朝野引起非议。

对吕惠卿，司马光坚持一贯信奉的任人唯德原则，向神宗上书说："惠卿恺巧，非佳士。使王安石负谤于中外者，皆惠卿所为也。安石有良才但很固执，不谙世务，惠卿为之谋主，而安石力行之故，天下并指为奸邪，近来，又不按次序提拔官员，人心不服。"

神宗沉默良久，说："吕惠卿进对明道，也是优秀人才。"

司马光说："吕惠卿确有文才，也很聪明，但心术不正，希望陛下慢慢考察，谨慎使用。"

劝谏过神宗，司马光又给王安石写去书信，劝道："谄谀之士，你现在确实有顺应心意的快感，今后一旦失势，出卖你，向上爬的人，一定是他。"

王安石看后，很不高兴。

司马光的话不幸言中，仅仅六年后，王安石罢相，惨遭吕惠卿迫害。为构陷王安石，吕惠卿甚至将二人往来私信拿出来，献给皇上，反诬王安石变法期间所作所为，"虽古之失志倒行而逆施者，殆不如此"，最后连王安石兄弟王安礼也没放过。不得不说，在识人方面，王安石不如司马光。

司马光弹劾吕惠卿，是因为吕惠卿实际负责的条例司超越制度，权力大到吓人，扰乱了朝廷正常秩序。吕惠卿的个人品德，只是一个突破口，司马光找到了突破口，却未能完成突破。

## 十、治人，还是治法

司马光与王安石争执时，新法已在全国开始试行。王安石变法是为国家理财，富国强兵。怎样理财？王安石说："变风俗，立法度，正方今之所急也。"即通过设立新法，重新分配，让财富从民间流向政府。

司马光与王安石理念不同，所以反对变法，是担心新法与民争利，他认为，好的政府应藏富于民，在《论财利疏》中说："古之王者，藏之于民；降而不能，乃藏于仓廪府库，故上不足则取之于下，下不足则资之于上，此上下所以相保也。"

如此一来，司马光与王安石的争论，演变为"义利"之争，司马光要的是义，王安石要的是利。

按说，变法是神宗皇帝决心要实行的事，在全国推行就是了，哪容臣下置喙非议。这恰恰是北宋的政治特点。立国以来，与士大夫共治天下，已成为北宋历代皇帝的治国信条，与大臣佥议，是君臣的共守规则。因而，北宋才会出现那么多"以天下为己任"的文人士大夫，"居庙堂之高，则忧其民：处江湖之远，则忧其君"，"为天地立心，为生民立命，为往圣继绝学，为万世开太平"，这些话不是一两个人的名言警句，而是北宋文人士大夫的共同信念。司马光担心的正是王安石以变法为名，专横跋扈，独断朝纲，破坏这样的政治生态。

司马光只是个翰林学士、侍讲，论官职、权力，都轮不到他冲在最前面与皇帝作对、与权贵为难。可他信念坚定，学贯古今，有理论，有学识，明知不可为而为之，从始至终，一以贯之，旗帜鲜明地反对新法。

"天下重任，唯宰相与经筵；天下治乱系宰相，君德成就责经筵。"司马光不是宰相，也不是谏官，唯一能影响皇帝决策的，就是经筵讲课时，向皇帝灌输自己的主张。只有在经筵上，神宗是位学生而不是皇帝，才可能静下心来听他的理论。

熙宁二年八月初五，经筵讲课前，司马光先向神宗上《上体要疏》，明确竖起反变法的理论旗帜。

"臣闻为政有体，治事有要。自古圣明帝王，垂拱无为而天下大治者，凡用此道也。"

"何谓为政有体？君为元首，臣为股肱，上下相维，内外相制，若网之有纲，纲之有纪……"

"何谓治事有要？夫人智有分而力有涯，以一人之智力兼天下之众务，欲物物而知之，日亦不给矣。"意思是说，一个人智力能力有限，用一个人的智力和能力管理天下众多事物，想面面俱到，根本不可能。

那怎么办？司马光说："是故王者之职，在于量材任人、赏功罚罪而已。苟能谨择公卿牧伯而属任之，则其余不待择而精矣。谨察公卿牧伯之贤愚善恶而进退诛赏之，则其余不待进退诛赏而治矣。然则，王者所择之人不为多，所察之事不为烦，此治事之要也。"意思是，当皇帝用好人，赏罚分明，才是治事之要。

总之，一个合乎"体要"的君主，本质上是一个掌握大政方针，远离具体事务，又明辨官员德行的最高仲裁者。

《上体要疏》通篇一字不提变法，处处暗指变法，对不合礼法，违背祖制，有违先王之道的人和事，帝王应该严厉制裁。

十一月十七，迩英殿开经筵，司马光为神宗讲课，以本人正在修撰的《资治通鉴》为教材，用汉朝曹参代萧何为相，即萧规曹随的故事，借古讽今，继续阐述"体要论"。

古色古香的迩英殿内，司马光朗声读道："曹参为相国，出入三年，百姓歌之曰：'萧何为法，较若画一。曹参代之，守而勿失。载其清净，民以宁壹。'"

读罢，评论道："参不变何法，得守成之道。故孝惠、高后时，天下晏然，衣食滋殖。"

神宗像个求知欲强烈的学生般提问："汉守萧何之法，不变可乎？"

司马光说："何独汉也？使三代之君，常守夏、汤、文、武之法，虽至今存可也。武王克商，曰：'乃反商政，政由旧。'治国在于得人，而不在变法，因此荀子曰：'有治人，无治法。'"

神宗质疑，说："人与法也应为表里。"

司马光说："若得其人，不愁法不好，不得其人，即使好法，实行起来也会走样，因此，应急于求人，缓于变法。"

正是这次经筵讲课，司马光提出了"祖宗之法不可变"的观点，被后世学者戴上顽固守旧的大帽子。其实，司马光所说的祖宗之法，是历代朝廷留下的原则、规矩，比如：士大夫共金，轻徭薄赋，与民生息，等等。

这一节课上完，有人喝彩，有人愤怒。最不能容忍的是吕惠卿。

吕惠卿当上条例司检详文字官后，不久又被王安石推荐为崇政殿说书，同样获得为神宗讲课资格。十一月十九，轮到吕惠卿、王珪、司马光三人侍讲。吕惠卿首先开讲，借用《尚书·咸有一德》和先王之法，矛头指向司马光的"有治人，无治法"，为变法辩护。

他讲的大体内容是：先王之法，有一岁一变者，有数岁一变者，有一世一变者，即使汉代，惠帝、文帝、景帝，也不是只守萧何之法。司马光借古讽今，首先是针对变法，其次是因为条例司，他处处针对我吕惠卿。

吕惠卿咄咄逼人，主动发难，司马光不能不回应。他是史学大家，对吕惠卿所说的典故了然于胸，一条条驳斥后，话锋一转，再次否定变法。

他说："譬之于宅，居之既久，屋瓦漏则整之，坊墙缺则补之，梁柱倾倒则正之。"房屋修补之后，若还可居住，难道非要毁掉重建？即使重建，也须有良匠，选良材，然后可为，今既无良匠，又无良材，就要毁掉重建，臣担心没有地方可遮风避雨。

这就是司马光的"修补论"，既是反变法的利器，又是后世诟病其保守的依据。

司马光的话，其实又绕到治人还是治法。

最后，司马光说："臣供职经筵，只知读经史，希望对圣德有所裨益，无意讥讽吕惠卿和条例司。吕惠卿说臣讥讽他，今天当着参加经筵群臣，请问陛下，条例司到底是该设还是不该设？"

司马光的话引来一阵笑声。吕惠卿被笑得沉不住气了，见司马光说无意讥讽自己和条例司，以为忌惮皇帝不敢说，这下抓住了话柄，对司马光做人身攻击，说："司马光位备侍从，朝廷大事需要理论，就应当发声。既然当官，即当尽责，不能尽责，即应离职，有责任对皇上说明情况，不能说明，亦应离职，岂可因忌惮不言。"

如此咄咄逼人，司马光并不慌乱，问神宗："臣上疏指陈朝廷得失（指《上体要疏》），是不是提到不该设条例司，不知是否已达圣听？"

神宗说："已看过。"

司马光不温不火，接着说："臣并非没有说，至于说了不被采纳却不辞职，的确是臣的罪过，吕惠卿责备，臣不敢逃避。"

此时，殿内空气紧张，唇枪舌剑，吕惠卿恼羞成怒，几乎要上前与司马光撕扯。神宗见状急忙制止，加上王珪打圆场，司马光气定神闲退下，吕惠卿直到离开，仍气得哆嗦，说不出一句话。

二人在经筵上的激烈争执，被《道山清话》记录下来："司马君实（光）与吕吉甫（惠聊），在讲筵，因论变法事，至于上前纷拿。上曰：'相与讲是非，何至乃尔！'既罢讲，君实气貌愈温粹，而吉甫怒气拂膺，移时尚不能言。人言：'一个陕西人（当时夏县属陕西），一个福建子，怎生厮合得著？'"

一场激烈争论，焦点是治人还是治法，若按现代人的观念，治人即培养优秀人才，有了优秀人才，好的法规会有人执行。治法是要制定规章制度，有好的规章制度，才能约束人。可是，专制社会中无论什么样的法，也抵不住皇帝的金口玉言，皇帝圣旨才是最大的法。同样，所谓优秀人才，全凭皇帝好恶，再优秀的人才，皇帝一句话，也可视为乱臣贼子。以后，新法的实施废止，起起落落，恰好说明了这一点。

王安石主导的"熙宁新政"，在众臣一浪高过一浪的反对声和神宗皇帝的左右摇摆中，先易后难，由条例司一条条颁布。熙宁二年七月，颁布均输法。九月，颁布青苗法，随后，农田水利法、保甲法、免疫助役法、市易法、保马法、方田均税法、免行法、军器监法、将兵法等新法颁行，每项新法颁布，条例司都派出四十余名提举官，去各地监督执行。

王安石不会想到，他最看重的青苗法，颁行还不到半年，就出现问题，差点毁了变法大计。

青苗法，其实是常平古法的延续。朝廷设常平仓、广惠仓储备粮食，目的是丰年谷贱伤农时，以高于市场价收回储备，这种做法叫籴。荒年粮价上涨时，放出平价粮抑制价格，这种做法叫粜，一籴一粜之间，达到平抑粮价目的。这就是常平古法。

青苗法则是在青黄不接时，由富户作保，青苗抵押，向农民提供贷款，正月三十前贷夏料，五月三十前贷秋料，分别于五月和十月随夏秋二季土地税偿还，各收息二分。目的是使农民免遭民间借贷盘剥，同时政府可从中获利。因为要动用常平仓储备粮，又称常平新法。这样的制度设计，听起来很美好，具体执行中却问题迭出。

青苗法并非王安石的独家发明，早在唐代中后期，因为藩镇割据，政府财政困窘就曾实行过，目的是为皇帝敛财。宋初，名臣李参也曾在陕西转运使任内实行过，不过，那时叫"青苗钱"。王安石知鄞县时也曾推行，获得成功。这才由地方到中央，然后在全国推广。

司马光密切关注着青苗法。李参在陕西推行青苗钱时，他就看出问题，这次在全国推广，将青苗法的弊端看得更清楚。

青苗法刚颁行两个多月时，司马光就向神宗论驳青苗法的弊端。

他说："朝廷实施青苗法，恐怕不容易。青苗法未颁布之前，乡间富人乘贫苦农民缺粮之际，有息钱借贷，等粮食收获时，收谷麦抵贷。贫者寒耕热耘，仅得斗斛之收，这还没有离开场圃，就尽数被富人收去。这些富人也是政府在册百姓，没有上下权势，更没刑罚之威，只凭其富有，就能吞食盘剥百姓，使百姓困苦。青苗法颁布后，法规威严，百姓若还不起，只怕更活不下去了。"

吕惠卿辩解："借贷这种事，富人做是害民，皇帝做是为民。发放青苗借贷，随百姓意愿，愿取者则与之，不愿者不强求。"

司马光引用《左传·昭公四年》中的话，驳斥青苗法的产生动机，说："臣闻作法于凉，其弊犹贪；作法于贪；弊将安救？"这话什么意思？是说朝廷立法，哪怕是本着体恤百姓的立场出发，尤可产生贪腐，何况如今立法就是冲着谋财去的，会造成什么样的灾难，陛下想过吗？

这话准确预言了青苗法可能造成的恶果。青苗法颁布后，随着时间的推移官员们打着为国开辟财源的旗号，到处投机钻营、盘剥百姓、搜刮民财。变法最终失败，就是政府直接参与市场，垄断金融，与民争利，将国家机器变为牟利工具的结果。

神宗对变法充满期待，不同意司马光的话，说："我听说陕西实行青苗法已经很久了，百姓并不认为有弊端。"

司马光说："臣老家就在陕西，从乡下来的亲戚都说去年转运司擅自发放青苗借贷。今年夏天，麦子还没成熟，官府就督责甚严，要求还款，百姓不胜其苦。如今朝廷有了明确法令后，官府就更明目张胆了。原官府取之无名时，盘剥百姓，已经很苛刻，何况今天取之有名乎？那些到皇上面前，说百姓欣然接受青苗钱并赖此为生的人，是不是花言巧语骗取皇上的恩宠，臣不得而知。但臣敢保证，臣所说的都是事实。"

吕惠卿辩解："司马光所言，是因为没用对人，才给百姓造成危害，如果转运司、州县都有合适人选，哪会产生这种弊端？"

吕惠卿的话，又证实了司马光治人论的正确。司马光说："惠卿之言，乃臣前日谓有治人无治法，国家目前当急于求人，缓于立法。"

一场廷辩毫无结果，没想到，另一位反对派大臣从斜刺里杀出，差点将新法掀翻。

青苗法试行后，先在河北出现问题。

三朝元老、宰相韩琦被外放后，已任河北安抚使（负责地方军务治安长官）两年。韩琦做事沉稳老练，去年九月，青苗法在河北试行，他并没有阻止，而是耐心观察，权衡利弊。仅四个月后，问题就暴露出来了。二月初一，他毅然上疏，指出青苗法四个方面的问题。

其一，抑配，即摊派。官府将农户由富至贫分为五等，富户本可不贷青苗钱，现在青苗法颁布后，不贷不行，而且越是富户，贷额越大。越不需要，越要贷给，青苗法完全成为官员敛财邀功的手段。

其二，散青苗钱成为官员政绩考核依据。推举官下来抽查，发现农户愿意贷款，而官员没有申报的，将严厉处分官员。官员谁也不愿意担"阻碍新政"的罪名，不惜强行摊派。

其三，为收回利息，将富户与贫户混编为一保，贫户无力还款时，富户跟着遭殃。

其四，利息不是规定的二分，而是三分。

韩琦的奏疏中，青苗法已变为顺者昌、逆者亡的损民、害民之法，在全国各地监督新法落实的提举官是不折不扣的"兴利之臣"。

神宗读罢，对青苗法产生怀疑，内心又摇摆了。

韩琦的话分量很重。因为，韩琦不光是三朝老臣，还有多次辅立之功，在神宗眼里，是个忠直能臣。二月初二，神宗召见宰执大臣时，取出韩琦奏章，让大家一一看过，说："韩琦真忠臣，虽在外，不忘王室。朕始谓（青苗法）可以利民，不意竟害民如此！且坊郭（市民）哪里来的青苗，却要强行放贷？"

王安石看完韩琦的奏章，勃然变色，接过神宗的话，说："苟从其欲，虽坊郭何害？"

看到皇帝变卦，曾追随王安石的新任宰相陈升之，由新政拥护者变为反对者，接过王安石的话说："只恐怕州县官员想完成任务，有意这样做。"

王安石说："即使有，也只是个别现象，责罚一二人，纠正过来就是。"

当初，成立条例司，陈升之受王安石推荐，以枢密副使身份，与王安石共领，是新政的主要领导人。王安石新政推广，他又以新政的拥护者，被王安石推荐升任宰相。谁知，一看到神宗有废新法的意思，陈升之立刻就跟着变向，与王安石激辩。

当初，神宗准备在陈升之、王安石二人之间，擢升一人为宰相时，也曾征求过司马光的意见。

神宗说："独升之有才智，晓民政边事，他人莫及。"

司马光看人，从来唯德是举，说："陈升之这人，确实像圣上所言，只担心临大事时变节，但凡有才智之人，必须忠直之人从旁节制，这才是明主用人之法。"

神宗又问："王安石如何？"

司马光虽不同意王安石的变法主张，却也不同意朝臣对王安石的诋毁，说："人言安石奸邪，确实毁之太过，只是不晓事又执拗罢了。"

神宗又提到韩琦，说："韩琦敢当事，贤于富弼，但性格过于刚强。"

司马光说："韩琦确有忠于国家之心，但喜欢文过饰非，此其所短。"

如今，品论过的三个人，都因新政卷入这次争论中。果然如司马光所料，显露出不同个性。陈升之临大事变节，由支持新法，变为反对新法；王安石执拗，还是那么一意孤行；韩琦这次却没文过饰非，凭一颗忠于国家之心，表现出个性的另一面，用一封奏疏搅了新政的局。

神宗此时已明白，五个正副宰相，四个反对新政，只有副宰相王安石一人还在坚持，说："文彦博、吕公弼亦以为不可，但腹诽耳，韩琦独肯来说，真忠臣也！"

此话一出，神宗的态度便明确了。

政局的天平似乎朝司马光一方倾斜。

## 十一、宁守信念，不受高官

在变法与反变法较量的关键时刻，韩琦一纸奏疏，神宗态度再度发生变化，反对派小胜。

好不容易造起势，刚开始实施的新法眼看要偃旗息鼓，王安石称病，不来上朝，打了辞职报告，请求外放做地方官。神宗不准，让司马光代笔批答。司马光后世以史笔著称，这次虽代皇帝批答，笔下还是被情绪左右，写道：

> 今士大夫沸腾，黎民骚动，乃欲委还事任，退处便安。卿之私谋，固为无憾，朕之所望，将以委谁？

神宗本想挽留王安石，司马光的代笔批答却像斥责。意思是说：如今你搞得朝臣沸腾，百姓骚动，却要撂挑子，对你自己来说当然很好，可是朕呢，找谁收拾这个烂摊子？

王安石大怒，立刻上章抗辩。神宗慌了，亲写谕旨，向王安石道歉。"诏中二语失于详阅，今览之甚愧。"

王安石坚持请辞，神宗仍不同意。神宗安慰的话不知说了多少，最后，以不废青苗法作保证，再次亲自拟旨道歉："青苗法，朕诚为众论所惑，寒食假中，静思此事，一无所害，极不过少失陷钱物，亦何足恤？"

他安慰过王安石，回过头，又安顿司马光。熙宁三年二月十二，任命司马光为枢密副使。

司马光比王安石更执着，不废青苗法，再大的官也不干。

一个要变法，一个反变法。两人坚守信念的方式竟如此相同。

枢密副使是个什么官？套用现代官职，即主管全国军事的副首长，为二府宰执大臣，与正副宰相和枢密使一起，同属中央集体领导成员。由无职无权的翰林学士，当上枢密副使，"何异自地升天"。

司马光反对新法失败，怎能升官？这就是北宋政治的特别之处。立国以来，历代皇帝用人一贯坚持"异论相搅"原则，在宰执大臣中，使用不同政治观点的人，以相互制衡，使彼此"各不敢为非"。神宗虽然不过是个二十三岁的年轻人，这一套也玩得娴熟，任用司马光前，专门征求过政治对手王安石的意见。王安石为施新法，赶走言官，罢黜政敌，好不容易为新法扫清障碍，怎能不明白神宗意图，上书道："光外托劘上之名，内怀附下之实。所言尽害政之事，所与尽害政之人，而欲置之左右，使与国论，此消长之大机也。光才岂能害政，但在高位，则异论之人倚以为重。韩信立汉赤帜，赵卒气夺。今用光，是与异论者立赤帜也。"

王安石确有政治家眼光，语气中有意流露对司马光的轻蔑，却一语道破神宗心机。其实，司马光作为反对派旗帜，早已人尽皆知，与当不当枢密副使没关系。

王安石和神宗都没有想到，面对如此诱人的高官，司马光会坚辞不受。原因很简单，不废新法，绝不受任。敕告已送到府邸，他跪而不谢，拒接敕告，让宦官转告皇上："陛下诚能罢制置条例司，追还提举官，不行青苗、助役等法，虽不用臣，臣受赐多矣！"

二月十三，司马光呈《辞枢密副使札子》，直言不讳道出神宗用自己当枢密副使的意图，说："陛下所以用臣，盖察其狂直，庶有补于国家。"接着说不接受的原因："若徒以禄位荣之，而不取其言，是以天官私非其人也。臣徒以禄位自荣，而不能救生民之患，是盗窃名器以私其身也。"意思是说：若只让臣享受高官厚禄，而不用臣主张，是所用非人。臣若以身居高位为荣，不能救百姓，就是盗取名誉，只顾自身。

二月十五，再呈《辞枢密副使第二札子》。二月十九，上第三札子，这回，碍于皇上的面子，口气委婉了许多，先说："人主量材，然后授官；人臣审能，然后受事"，因此"官不旷而事无败也"。自己辞枢密副使，并非如有些人想象，是不慕荣贵，而是"正欲辞所不能而已"。加上自己"素有目疾，不能远视"，又颇多健忘，日常供职，犹惧废阙，何况以衰病之身，担此重任。

话说得客气，归根到底，还是不肯就任。

皇帝多次督促，司马光一味婉言推诿，确有"饰诈邀名""贪荣冒宠"之嫌，所以司马光再次亮明观点。二月二十，司马光上《乞罢条例司常平使疏》，旗帜鲜明地道出自己的看法：青苗法将导致民间普遍贫穷，国家投入也可能血本无归，十年之后，贫者既贫，富者亦贫，常平旧法又废，加之边陲战事，若发生灾荒饥馑，百姓体弱者必饿死于沟壑，强壮者必聚集起来，沦为贼盗，国家将陷于动乱。

二月二十七，上《辞枢密副使第六札子》，态度更明确："若臣言果是，乞早赐施行，若臣言果非，乞更不差使臣宣召，早收还枢密副使敕告，治臣妄言及违慢之罪。"

这哪里是请辞，分明是向神宗叫板。碰上这么一个直介臣下，神宗好不为难,说:"枢密副使主管兵事,官员各司其职,请不要以其他事由请辞。"

对一个希望有所作为的皇帝来说,有司马光、王安石这样的臣属,应该是幸福的烦恼。这两个人都一心报效国家,忠于皇上,却一个比一个执着,不用我的主张,一个要辞去副宰相,一个要辞去枢密副使。这两个人杠上了,神宗该怎么办?

僵持十八天,司马光上第四道请辞札子的同一天,王安石的坚守收到效果,神宗终于屈服,二月二十一,王安石开始上朝执事,青苗法死灰复燃。

若在战场,这是一场阵地战。双方战法相同,武器相同,都奋不顾身猛冲猛打,结果是王安石大胜,司马光虽败,却没停止抵抗。

三月初八,神宗再派宦官来请司马光履职觐见,这已是第九次来请。他八上辞呈,八次拒绝召见,再不奉召,皇帝颜面何存?

他去了,崇宁殿内,君臣礼毕,敞开心扉交谈。

司马光再次重申不任枢密副使的理由:"今朝廷所行与臣言相反,臣安得免为尸禄之人。"

神宗再次好言相劝,司马光再次不给皇帝面子,直言相怼:"陛下果能行臣之言,臣不敢不受,不行臣之言,臣以死守之,必不敢受。"

话都说到这份上,神宗仍不死心,上教谕再三,光三固辞。

　　神宗行新法欲用王安石，司马光不废新法死不受命。碰上这样两位臣属，神宗只能二择其一，考虑再三，最终选择王安石，同意司马光辞去枢密副使。司马光成为大宋立国以来，还没上任就辞职的唯一朝臣。

　　不过，枢密副使可以不当，台谏官总应该当吧。当日，神宗下旨，在司马光翰林学士、侍讲的原职务上，再加右谏议大夫。司马光又一番辞谢后受任。

　　司马光废除新政的努力虽然失败，但宁守信念，不受高官的道德情操，却为他赢得巨大声望。三朝宰相韩琦称赞："恳辞枢弼（枢密副使），必冀感动，大忠大义，充塞天地，横绝古今。"

　　前任宰相文彦博称颂："君实作事，今人所不可及，须求之古人。"

　　元丰年间，神宗仍感慨："未论别事，其辞枢密副使，朕自即位以来，惟见此一人。他人则虽迫之使去，亦不肯矣。"

## 十二、绝交王安石与最后的抗争

熙宁三年的三月，是大宋一个不平常的春天。开封的春色还那么明媚，阳光还那么温暖，司马光却感觉不到一丝春意，还在为新政之弊揪心。

司马光试图以坚辞枢密副使让神宗改变主意，废除新政。神宗的态度再次令他失望。他还不算老，才五十二岁的人，头生白发，视力模糊，连牙齿也不全。没有变的，是他坚毅的个性和高尚的情操。他没有认输，愈挫愈勇，新政根源在王安石，那就直接与王安石理论，明知王安石更固执，改弦易辙并非易事，还是要这么做。

二月二十七，上《辞枢密副使第六札子》的同一天，司马光给王安石写了封长达三千余言的私信。

这封信以老朋友的口吻，从聊家常开始。"光居常无事，不敢涉两府之门，以是久不得通名于将命者。春暖，伏维机政余裕，台候万福。"你当了参知政事，我不敢登相府拜访，因而很久没有往来，春日天暖，知道你政事之余有富裕时间，才致书问候。

接着回忆往日交情。"孔子曰：'益者三友，损者三友。'光不材，不足以辱介甫为友。然自接侍以来，十有余年，屡尝同僚，亦不可谓之无一日之雅也。虽愧多闻，至于直谅，不敢不勉。若乃便辟、善柔、便佞，则固不敢为也。"

如此引经据典是要说，交往十多年，司马光没有辱没你这个朋友。

然后谈到二人分歧，认为属于"君子和而不同"。

随后进入正题，从百姓抱怨写对王安石的失望。"今介甫从政始期年，而士大夫在朝廷及自四方来者，莫不非议介甫，如出一口，下至闾阎细民，小吏走卒，亦窃窃怨叹，人人归咎于介甫。"

为什么会造成如此局面？司马光说："介甫固大贤，其失在于用心太过，自信太厚而已。"

"用心太过，自信太厚"，不过是委婉的说法，司马光解释："古人治国养民，不过轻租税、薄赋敛、已逋责也。而王安石则以为是腐儒之常谈，置条例司，派提举使者，任用言利之人、狂躁之徒，欺压州县，骚扰百姓。于是'士大夫不服，农商丧业，故谤议沸腾，怨嗟盈路'。"

为什么说"自信太厚"？自古人臣才智无过周公、孔子，介甫却自以为天下无人能及。对曲意迎合，曲从如流者，则亲而礼之，所见小异，言新政不好者，则勃然大怒。"或诟骂以辱之，或言于上而逐之，不待其辞之毕也。"

然后说写此信的目的："介甫诚能进一言于主上，请罢条例司，追还常平使者，则国家太平之业，皆复其旧，而介甫改过从善之美，愈光大于前日矣，于介甫何所亏丧而固不移哉！"

司马光确实迂腐了，王安石为推行新政，宁可辞去副宰相，不惜排除异己，独断专行，怎么可能因为你一声劝，就改变主意？

信写到最后，司马光再次提到君子和而不同。"然光与介甫趣向虽殊，大归则同。介甫方欲得位，以行其道，泽天下之民；光方欲辞位，以行其志，救天下之民，此所谓和而不同者也。故敢一陈其志，以自达于介甫，以终益友之义。其舍之取之，则在介甫矣。"

书信送出，王安石是怎样回复的呢？《宋史全文·神宗一》

的记载很有意思："安石得书大惭，欲怒则不敢答书，但言道不同而已。"想来，依王安石的个性，这样的记载起码不太真实。

三月初三，司马光又给王安石写了第二封书信，仍然是温婉的语气，客气两句后，直指新政将会产生的恶果。"光所言者，乃在数年之后，常平法既坏，内藏库又空，百姓家家于常赋之外，更增息钱、役钱。又言利者见前人以聚敛得好官，后来者必竞生新意，以朘（搜刮）民之膏泽。日甚一日，民产既竭，小值水旱，则光所言者，介甫且亲见之，知其不为过论也。当是之时，愿毋罪岁而已。"

司马光一语成谶，数年后，新法之害，果若斯言。

王安石读到这封信，被彻底激怒。变法以来，反对声、劝阻声不绝于耳，王安石根本不屑一顾，曾有诗曰："众人纷纷何足竞，是非吾喜非吾病。"司马光则不同，是反对派的旗帜性人物，有必要亮明态度。三日王安石收到司马光的信，四日便有回信，这就是著名的《答司马谏议书》：

　　某启：昨日蒙教，窃以为与君实游处相好之日久，而议事每不合，所操之术多异故也。虽欲强聒，终必不蒙见察，故略上报，不复一一自辩。重念蒙君实视遇厚，于反复不宜卤莽，故今具道所以，冀君实或见恕也。

　　盖儒者所争，尤在于名实；名实已明，而天下之理得矣。今君实所以见教者，以为侵官、生事、征利、拒谏，以致天下怨谤也。某则以谓受命于人主，议法度而修之于朝廷，以授之于有司，不为侵官；举先王之政，以兴利除弊，不为生事；为天下理财，不为征利；辟邪说，难壬人，不为拒谏。至于怨诽之多，则固前知其如此也。人习于苟且非一日，士大夫多以不恤国事、同俗自媚于众为善。上乃欲变此，而某不量敌之众寡，欲出力助上以抗之，则众何为而不汹汹然？盘庚之迁，胥怨者民也，非特朝廷士大夫而已；盘庚不为怨者故改其度，度义而后动，是而不见可悔故也。如君实责我以在位久，未能助上大有为，以膏泽斯民，则某知罪矣；如曰今日当一切不事事，守前所为而已，则非某之所敢知。

无由会晤，不任区区向往之至。

此文后世成为议论文典范。与司马光《与王介甫书》相比，措辞更激烈，理由更堂皇。后人对司马光、王安石的印象，多由此文而来。在老师们先入为主的讲解中，同样为国为民，和而不同的两位稀世英才，被贴上了截然不同的标签，温文尔雅的司马光因循守旧、保守顽固，偏执狭隘的王安石则气宇轩昂、豁达开朗，与《宋史》中的王安石全然不是一个人。

收到回信，司马光对王安石的决绝略感吃惊，再回信时，一落笔，连说"不胜感悚，不胜感悚！"接着司马光奉劝王安石，行善法要先择其人，这是他的一贯观点，"且人存则政举，介甫诚能择良有司而任之，弊法自去；苟有司非其人，虽日授以善法，终无益也"。然后，就王安石信中的侵官、生事、征利、拒谏，逐条论述。

王安石再无回信。

三封书信断绝了二人十多年的交情，从此，再无片纸往来。

在朝臣的争执中，神宗态度逐渐明朗，这位年轻的皇帝希望有所作为，不再左右摇摆，新法开始在全国铺开。有皇帝支持，王安石就要对反对派动手了。

熙宁三年三月十八，对新法来说，是个决定性的日子。这一天，神宗召见王安石，君臣二人进行了一次事关变法大计的谈话。

早在朝堂上下斗得不可开交时，王安石就多次劝谏神宗："圣上君主，做事要独断。"这次开始谈话便问："陛下可知如今朝堂议论汹汹，是什么原因？"

神宗说："皆因朕所任台谏官不合适。"

王安石说："陛下遇群臣无术，数失事机，别置台谏官，但恐如今换了人，也难免议论汹汹。"

王安石是在教神宗帝王御人之术，意思是说：对那些反对新法的家伙，该整治就得整治，不能心慈手软。

得到皇帝默许，王安石开始对朝堂上下大换血。"专为常平一事黜陟人"，青苗法成为一条红线，反对的下，支持的上。

近千年之后，戊戌变法的倡导者梁启超，谈到王安石当时的处境时，将王安石看作一个孤独的改革家，说："岩岩元老，梗之于上；岳岳台谏，哄之于下，而荆公以孑然一身，挺立于其间，天下之艰危，莫过是矣。"

因为孑然一身，王安石需要排除异己，去旧纳新。

最先遭殃的是当年的"嘉祐四友"之一、司马光与王安石的共同好友、御史中丞吕公著。

吕公著遭遇的是无妄之灾。他的不幸，因为是个美髯公，生就一副大胡子，再一个原因，是没管住嘴，说过新法的不是。

王安石能当上宰执，与吕公著推荐不无关系。吕公著能当上御史中丞，也得益于王安石倾力推举。王安石颁行青苗法，吕公著上书，极言新法弊端。韩琦上疏反对青苗法被驳回后，知谏院孙觉说过一句大逆不道的话，"今藩镇大臣如此论列，而遭挫折，若当唐末五代之际，必有兴晋阳之甲，以除君侧之恶者矣。"这话是什么意思？要是在唐末五代，作为一方大员的韩琦遭受这样的屈辱，早就像晋国的赵鞅那样发晋阳兵清君侧了。这分明是要鼓动造反，话音刚落就被弹劾。孙觉也生了一副大胡子，神宗早就对吕公著心生不满，竟误记为吕公著。一句话牵涉三个人，孙觉、韩琦和吕公著，三个人都反变法，谁也逃不脱，索性都贬官。韩琦改知相州，吕公著贬知颍州，孙觉贬知广德军。王安石一石三鸟，一下去除了三个政敌。

再一个遭贬的是老臣欧阳修。青苗法颁行时，欧阳修任青州知州，这次遭贬的罪名是"擅止青苗钱"，改知蔡州。

苏轼、苏辙兄弟也因青苗法被整肃。青苗法颁行时，苏轼曾上疏反对，被王安石以所学及言论皆异，贬为开封推官。苏轼器量宏大，才华横溢，当开封推官后，仍对变法有看法，给神宗的奏章中说："是以腐儒小生，皆欲妄有所变改，以惑乱世主。"几年前，父亲苏洵病逝后，苏轼扶柩回乡，欧阳修赠银二百两，韩琦赠银三百两，都被苏轼婉拒。事情过去四年了，为搞臭苏轼，王安石授意刚被他提拔的御史杂事、弟弟王安礼的大舅哥谢景温上书弹劾，说苏轼当年护送父亲灵柩回四川安葬，曾动用官船贩私盐和苏木（专卖物资）、瓷器。为此，朝廷成立专案组，一纸公文下去，惊动六路，抓船夫、捕随从，严刑逼问，闹得鸡飞狗跳。结果是"穷治，卒无所得"。

因为苏轼案，司马光的同年挚友、推荐苏轼做谏官的范镇也受到牵连。

范镇时任翰林学士，同样是新法的坚决反对者，直言"变法乃残民之术"，曾上书直指新法之弊：新法每年所得数十百万，不出于天，不出于地，更不出于新法倡导者，全都出自百姓，百姓像鱼，财富像水，盘剥百姓财富，就像竭水养鱼，百姓哪里还有活路。王安石看范镇奏书时，气得手直打战。给范镇加上"附下罔上"罪名，尚不解气，最后得出结论："稽用典刑，诚宜窜殛；宥之田里，姑示宽容"，意思是，按刑律，本应判处极刑，圣上仁慈，放归田里，以示宽容。

连"嘉祐四友"之一、当年神宗当太子时，推荐王安石的韩维，也因政见分歧，被视为"流俗""群邪""朋党因循"，外放任职。

很快王安石又整到司马光身旁的人。刘颁是《资治通鉴》书局中司马光的两位助手之一，进士出身，博闻强记，性情开朗，与司马光、王安石都是好朋友。王安石称其"笔下能当万人敌，腹中尝记五车书"，新法施行时，刘颁任同知太常礼院。此人还是个戏谑高手，《宋史》中说他："喜谐谑，数用以招怨悔，终不能改。"曾称大胡子孙觉为"大胡孙"，也常与王安石开玩笑。水利法颁行后，有人给王安石出主意，将梁山泊排干，可得万顷良田。王安石不解，问："排出的水装哪？"刘颁说："好办，再挖同样大的一个水泊。"大家哄堂大笑，弄得王安石很尴尬。熙宁三年进士考试，吕惠卿任初试官，将策论中拥护新法的叶祖洽列第一位。刘颁任复试官，将策论中暗讽新法的上官均列第一位。叶祖洽列第二位。这下，得罪了王安石，好友顿时成仇敌，刘颁被贬为泰州通判。

打压反对派不择手段，提拔拥趸却不遗余力。秀州（今浙江嘉兴）推官李定，是王安石的学生。来京城后，先去拜访知谏院李常。

李常问："你从南方来，百姓对青苗法如何看？"

李定说："大家都说好，纷纷称赞。"

李常告诫："现在朝中为青苗法争论不休，你切莫对别人谈及。"

李定岂能不知执政大臣王安石是青苗法的倡导者，当日去王宅拜访，对王安石说："我只知道据实而言，不知道京城不让说青苗法的好处。"

王安石大喜，将李定直接引荐给神宗。神宗听后，龙心大悦，就因为这么一句话，李定代替李常知谏院，由八品直接擢升四品。知制诰宋敏求、李大临、苏颂认为不合礼制，接连上书制止，被一起罢免。这就是著名的"熙宁三舍人"事件。

王安石太需要支持者了。尽管不遗余力提拔新法支持者，可是，在朝中找这样一个人太难。没想到，遥远的宁州（今甘肃宁县）竟有这样一个官员。此人名邓绾（1028—1086），时任宁州通判。知道王安石在朝中得势，向神宗上书奉承，陛下得到伊尹、姜尚一样的好宰相辅佐，颁行青苗法、免役法，百姓无不载歌载舞，歌颂皇上恩泽。又书，"以臣所见宁州观之，知一路皆然；以一路观之，知天下皆然"。如此阿谀，神宗与王安石竟喜出望外，下诏让邓绾火速进京。

手持皇上诏书，一路上，各地驿站像接待大员一样接待邓绾。离京城不远时，神宗又连派几拨人马，到开封附近驿站、城门守候，如同迎候上宾一般，城门大开。邓绾当晚连夜进城。

第二天一早，神宗、王安石先后单独接见邓绾。王安石问："家属带来了吗？"邓绾说："没有。"王安石说："怎么不带来呢？你以后再不会回宁州任职了。"

攀附上王安石这棵大树，邓绾果然达到目的，一步登天，进入宰相府，任检正中书孔目房公事，成为宰相属官。任职后邓绾受到同僚讥讽，他毫不在乎，反倒更加得意。他对人说："笑骂从他笑骂，好官我自为之。"

朝堂已被王安石把持，新法势在必行。司马光仍试图说服神宗，做最后的努力。

如果说，变法是大宋的富国强兵之道，与士大夫共天下则是大宋的根基。司马光要守护的正是大宋的根基。

四月二十六，又到经筵侍讲的日子，这是说服神宗的最后机会，司马光进读《资治通鉴》中的贾山上疏事迹。

贾山，汉代人，汉文帝时任御史，名言"为人臣者，尽忠竭愚，以直谏主，不避死亡之诛者，臣山是也"，被历代谏官奉为圭臬。读罢，司马光借题发挥，接着讲帝王的从谏之美、拒谏之祸，分明是批评神宗贬谪台谏官。

这可能是司马光任侍讲以来最沉闷的一次讲课。讲者有心，听者无意，彼此心照不宣。经筵结束，君臣二人又进行了一次对话，谈到吕公著案时，神宗还不知道自己张冠李戴，将大胡子孙觉当成美髯公吕公著，只对"欲兴晋阳之甲"耿耿于怀。接着谈到王安石、吕惠卿的为官为人和越级提拔的台谏官李定。君臣话不投机，一度冷场。最后，神宗说："如今天下议论汹汹，正是孙叔敖（春秋时楚国令尹）所谓'国之有是，众之所恶'。"

神宗这句话，等于给变法与反变法两方定了性，司马光反驳道："然陛下当察其是非，然后守之。今条例司所为，独安石、韩绛、吕惠卿以为是，天下皆以为非也，陛下岂能独与三人共为天下乎？"

又是针锋相对，毫不相让。话说到这份上，君臣不欢而散。

五月十五，神宗下诏，撤销条例司，职能并入三司司农寺，由吕惠卿负责。九月，吕惠卿服父丧丁忧，由曾布负责。一年多来，因为这个编外机构，司马光与众多大臣如鲠在喉，纷纷上书反对，如今条例司撤销，却并非他们的胜利，表明新法将正式进入实施程序，要全面铺开了。

新法之争，实际从一开始，就是儒家与法家的治国理念之争。司马光、王安石都是儒生出身，从小学孔孟之道。两个人的不同之处在于，司马光所学至纯，王安石所学甚杂，将法家思想融入儒学。儒家主张"以德治国""为政以德"，司马光作为帝师，每次经筵所讲，包括所著《资治通鉴》，都是用儒家学说教导帝王。法家主张治国以法、术、势。秘籍是商鞅《商君书》中提出的：壹民、弱民、疲民、贫民、辱民五法。王安石经常以雄辩口才和渊博学识影响神宗。

《论语·季氏》中曾写道："君子有三畏：畏天命，畏大人，畏圣人之言。"司马光辞去枢密副使没几天，有人告诉他，朝中到处流传王安石的"三不足"："天变不足畏，祖宗不足法，人言不足恤。"

前任宰相富弼直言不讳驳斥："人君所畏惟天，若不畏天，何事不可为者？去乱亡无几矣。"皇帝本以天子自居，至高无上，若连天都不畏，岂不无法无天，专横跋扈。可是，"三不足"还是被神宗接受。司马光极度失望。

商鞅提出"壹民"，王安石衍生出"一道德以同风俗"，以此为理论依据，继续打压反对派，以控制舆论。朝堂内，兄弟反目，朋友成仇，钩心斗角，明枪暗箭，因为新法之争，大宋朝臣的道德水准骤然下降。

司马光心灰意冷，京城已成一潭污水，再在这样的地方待下去，只会自污其身，苏轼那样百年不遇的才俊被污了清白，范镇那样忠心耿耿的良臣被损了名节，连欧阳修那样德高望重的名臣，也被诬蔑与儿媳有染，毁了一世英名。

同时，御史刘述、刘琦、钱顗、孙昌龄、王子韶、程颢、张戬、陈襄、陈荐、杨绘，谏官范纯仁、李常、孙觉、胡宗愈都遭受构陷，全部外放。

在这样的地方，既不能实现治国平天下的抱负，又不能阻止残民弊政，再待下去，还有什么意义？

熙宁三年八月初八，司马光向神宗请求外放，知许州（今河南许昌）或知西京留司御史台。

对司马光的请求，神宗并不感到意外，却再三挽留，说："卿怎可外放，朕还想委卿枢密副使，不要再推辞。"

司马光说："臣连旧职亦不留任，何况升官。"

神宗问："这是为什么？"

司马光说："臣是不敢留任。"

神宗明白司马光的意思，沉吟良久，说："王安石从来与卿友善，何来此语？"

司马光说："臣素与安石善，但自其执政，违迕甚多。今迕安石者如苏轼辈，皆毁其素履，中以危法。臣不敢避削黜，但欲苟全素履。臣善安石，岂如吕公著。安石初举公著云何，后毁之云何，彼一人之身何前是而后非？必有不信者矣。"

神宗说："安石与吕公著好若胶漆，及其有罪却不隐瞒，正好说明安石公平正义。"

话说到这里，表明神宗已完全站到王安石一边，司马光还能再说什么？

见司马光不说话，神宗又说："青苗法已取得显著成效。"

司马光说："这件事，全天下知其恶，唯王安石以为善。"

话不投机，神宗又将话题转到苏轼，说："苏轼非佳士，卿看错人了。"

司马光说："凡责罚人，先要弄清情由。那些人说的苏轼贩卖食盐、苏木、瓷器，所获小利，岂能及韩琦、欧阳修所赠银两？"王安石与苏轼交恶，陛下不是不知道，这是安石授意姻亲谢景温为鹰犬，构陷苏轼。若再发生这样的事，臣岂能自保，不可不离开京城。况且，即使苏轼不好，总比李定不服母丧，禽兽不如强，这样的人王安石却喜欢，用其做台谏官。

从这番话中，能看出司马光为什么要离开。与其被王安石找罪名玷污清名，还不如自己主动离开。

那么，在司马光看来，王安石会以什么罪名诬陷自己？朋党！他是反对派的旗帜性人物，道德品质毫无瑕疵，若以朋党论就不一样了，正直如司马光，也不能不畏若虎狼。

这次谈话后，神宗明白司马光去意已决，不再挽留。

九月二十三，司马光再次提出外放。

神宗开门见山，问："必须去许州吗？"

司马光答："臣哪敢必须，只要离老家近一点，就是臣的幸运。"

神宗又问："西京如之何？"

司马光答："但恐非有才之士不可，若朝廷差遣，臣不敢辞。"

不久，情况又发生变化，改拜司马光为端明殿学士、安抚使、兵马都总管，兼知永兴军府事。

就算要离开京师，司马光还是做了一些努力，这是他的个性，也是他做官的原则。十一月初二，他穿上新官服，朝见神宗，做上任前的告别。

这是一次尴尬对话。

神宗说："今委卿长安，边陲有动静，要报知朝廷。"

司马光说："臣驻守长安，哪知边陲事。"

神宗说："先帝时，王陶守长安，西夏侵犯我境，全靠王陶汇报情况。"

司马光说："王陶耳目心力过人，臣不敢管职责以外事。"

神宗说："本路民间利弊应当知道。"

司马光说："谨奉诏命。"

神宗说："助役法只在京东、两浙施行，花钱雇人充役，越州已开始施行了。"

这样的谈话寡淡无味，君臣似乎都心不在焉，没话找话，不过例行公事。只是神宗提到青苗法、助役法时，司马光心里难免再起波澜。

神宗没想到，司马光临行前，会交给他三个札子，再次为民请命。

第一札，《乞免永兴军路苗役钱札子》。既然让臣当永兴军路军政主官，那么，请在臣主管的永兴军路范围内，暂不推行青苗法和免役法。

第二札，《乞不令陕西义勇戍边及刺充正兵札子》。请求神宗承诺，不调发陕西"义勇"（民兵）守边，更不要把"义勇"直接变为军人，派往前线送命。这样的札子，司马光当谏官时，就曾连上六道，还与宰相韩琦激烈争论过，临别再上，是要为陕西十五万义勇再次请命。

第三札，《乞留诸州屯兵札子》。请求朝廷不要把所有兵员都派往边境，忽略内地州军安全。这样的建议，范仲淹也曾提过。

三札上过，回望皇城宫阙，司马光心绪难平。十三年前，他来京城进皇宫，是多么意态昂扬，以为拯万民、扶社稷的理想会在这里实现。他努力了，又失望了，临别三札，是最后一搏。他还将希望寄托在年轻的神宗身上，他不知道，这将是他与神宗君臣之间的最后一次交往，此后，隔着十五年时空，再也没机会拜见这位既让他心存希望，又让他彻底失望的年轻皇帝。

十一月初三，司马光携夫人和儿子司马康，离开开封，前往长安赴任。

实施新法的最大障碍移除了，王安石开始施展拳脚，大力推行新法。司马光开始了他同样伟大的事业。迎接两人的，一面是新派人士的钩心斗角，一面是旧派人士的苦中作乐。

## 十三、从独乐园到三人书局

　　司马光出知永兴军前后只有五个月。可每一天司马光都在痛苦中煎熬。上任前，永兴军路大旱，百姓流离失所，道路相望。神宗还在实施他的宏图大业，一面重开与西夏战事，一面推行青苗法。司马光先后上《谏西征疏》，建议朝廷暂缓与西夏开战。又上《奏为乞不将米折青苗钱状》《奏乞所欠青苗钱许重叠倚阁状》，为小民求告，请求暂缓缴纳青苗钱，均不被采纳。为官一任，不能造福一方，这样的官再当下去，岂不是尸位素餐？

熙宁四年四月十八，神宗下旨，以司马光判西京御史台。

五个月时间，司马光忙忙碌碌，"恬然如一梦"，长安风光都没来得及看，连横亘在眼前的终南山，也仅是"临行子细看"。

西京御史台，简称西京留台，职责是弹劾地方官吏，却不参与地方政务，是个不折不扣的闲职，符合司马光"愿就冗散"的心愿。

幼时，司马光曾随父亲在西京居住，留下砸缸救友的故事。这次再到洛阳，四十多年过去，由欣欣蒙童变为恂恂老者，心境变了，喜欢独坐想事。为排遣寂寞，为自己在留台廨舍（官衙宿舍）东的一处荒园里造"花庵"，作为公务之余，独坐遣兴处。荒园约一亩，司马光在园内植竹、种花。为官三十年，他还从没有过这样的雅兴，想象中，藤蔓爬满花架，就是花一样的房子，美其名曰"花庵"。

他初到洛阳，请人按《礼记》记载，做了件仿古服，博带宽袖，长裾掩身，这就是汉代人穿的"深衣"。公务之余，身着"深衣"，古人般独坐"花庵"，仍难免发呆。园内静谧无人，身旁花儿晨开暮谢，不觉就是一天。日暮黄昏，就有了隐逸的感觉。司马光不由吟曰：

谁谓花庵小？才容三两人。君看宾席上，经月有凝尘？

谁谓花庵陋，徒为见者嗤。此中胜广厦，人自不能知。

仅容两三人的花庵，过去一个月，宾席上的尘土已厚厚一层，可见无客。但在这透风漏雨的花庵浮想联翩，岂不胜过广厦万间？

有时候，司马光一袭"深衣"，策杖独行，去洛水边散步，顺便看望唯一的朋友邵雍。路上垂柳轻拂，白鸥翻飞。河风吹来，带来轻微水浪声。邵雍，字尧夫，是个真正的隐逸高士。他大司马光八岁，从没做过官，以易学建树名满天下，与周敦颐、张载、程颢、程颐并称"北宋五子"。所居住所，由司马光与朋友们共同出资建成，名为"安乐窝"。在这里，二人意气相投，交谈甚欢。

司马光对自己特意缝制的"深衣"颇自得，每次去安乐窝都长裾飘拂，一副古君子状，踽踽而来，悠悠而至。

一次，问邵雍："先生可衣此乎？"

邵雍答："某为今人，当服今人之服。"

司马光问："某何如人？"

邵雍答："君实脚踏实地之人也。"一句话，为后世留下"脚踏实地"这个成语。

沉默一会儿，邵雍又说："君实九分人也。"人若十分，司马光得九分，这评价相当高了。

司马光与邵雍交往很愉快。可是很快有坏消息传来：前任御史中丞吕诲病危。当年，王安石任副宰相，吕诲是第一个上表弹劾的台谏官，吕诲被罢免后，几经辗转也来到西京。司马光赶到病榻前时，吕诲已昏迷，听到司马光呼喊，最后一次睁开眼，叮嘱："天下事尚可为，君实勉之。"言罢气绝，享年五十八岁。

吕诲之死，让司马光想起吕诲对王安石的评价，在为吕诲所作墓志铭中写道："（吕诲）且曰：误天下苍生必此人，如久居庙堂，必无安静之理。"

铭文作成，有人重金收买刻工拓碑，送给王安石邀功。王安石将拓本挂墙上，端详良久，对身边人说："君实之文，西汉之文也！"

熙宁五年，为避居官舍之嫌，司马光夫妇搬出留台廨舍，在一条陋巷中买了个小院。院内房舍低矮，夏天暑热难当，他又请人在屋内掘地，挖一个半掩于地下的圆形坑，称之为"凉洞"。平时，读书修史，均于此中。

第二年，又在洛阳尊贤坊北关，买地二十亩，自己设计、督工，建成一座小花园，取名"独乐园"，又自嘲为"迂叟"，并著《迂书》四十一篇。

园中七景，有读书堂、钓鱼庵、采药圃、见山台、弄水轩、种竹斋、浇花亭。园成，司马光作《独乐园记》，解释得名之由：

孟子曰："独乐乐，不如与人乐乐；与少乐乐，不如与众乐乐。"此王公大人之乐，非贫贱者所及也。孔子曰："饭蔬

食饮水，曲肱而枕之，乐亦在其中矣。"颜子"一箪食、一
瓢饮，不改其乐"。此圣贤之乐，非愚者所及也。若夫"鹪
鹩巢林，不过一枝，鼹鼠饮河，不过满腹"，各尽其分而安
之，此乃迂叟之所乐也。

接着说园内建读书堂，藏书五千卷，平日，自己（迂叟）在
堂中读书，疲累时，执竿钓鱼，执衽（撩起衣襟）采药，决渠灌
花，操斧剖竹。夜晚，明月时至，清风自来，行无所牵，止无所
框，耳目肺肠，悉为己有。在园中散步，踽踽而行，洋洋自乐，
不知天地之间，还有什么乐趣可以取代。因而，命名为独乐园。

"天下名园重洛阳"，司马光将他的独乐园视为无可替代的至
乐之境，其实与达官贵人所建园林相比，独乐园小且简陋。名士
李格非（李清照父）《洛阳名园记》对独乐园的评价是："独乐园
卑小，不可与他园班。"夏天，独乐园里同样酷热，陋巷房舍掘
地挖"凉洞"既可纳凉，这办法也用到独乐园，一下挖出四个，
"宽者容一席，狭者分三支"。所谓"凉洞"，与上古穴居差不
多。用这种办法纳凉，是因为"贫居苦湫隘，无术逃炎曦"，躲
避暑热的无奈之举罢了。

园中主要建筑读书堂，听起来不错，实际不过是竹竿搭起的
简易棚子。此后，他曾写诗《南园杂诗六首·修酴醿架》来回忆
过往：

贫家不办构坚木，缚竹立架擎酴醾。

风摇雨渍不耐久，未及三载俱离披。

往来遂复废此径，举头碍冠行绊衣。

呼奴改作岂得已，抽新换故拆四篱。

来春席地还可饮，日色不到香风吹。

这样的读书堂，住进去第一个夏天就四处漏雨，以后"苦雨"成常态。每当久旱大雨，端坐其中，园中大雨滂沱，堂内滴漏潺湲，却想：这下好了，旱象解除，百姓得福，遂有诗句，"首夏忽滂沱，意为苍生福"。

司马光贵为三品高官，虽退居西京闲居，官秩不降，俸禄不减。却为何如此节俭？这与他自小养成的俭朴生活习惯分不开。河阳通判王拱辰家居洛阳，宅中高楼耸天，最上一层称"朝天阁"。与独乐园对比鲜明，当时，洛阳流传一句话，"王家钻天，司马入地"。

司马光的清廉俭朴甚至影响了老仆。一天，司马光见独乐园中新建一间厕屋，问老仆，建屋钱哪里来的？老仆回答："是我把游人给的赏钱积攒得来的。"司马光问："为什么不留着自己用？"老仆回答："莫非只有相公不爱钱？"

独乐园虽乐，却经常大门紧闭。司马光读书、修史之余，浇水、养花、采药，俨然一老农。春天过去，夏天到来，花开了，又谢了。洛阳城里，人来车往，繁华热闹，司马光浑然不知，赋诗："车如流水马如龙，花市相逢咽不通。独闭柴荆老春色，任他陌上暮尘红。"

独乐园偶尔也有老朋友来访，其中，让司马光最高兴的莫过于范镇的到来。两人年龄相差十二岁，却是同科进士（同年），相处三十多年，志同道合。司马光说："吾与景仁（范镇字）兄弟也，但姓不同耳。"范镇说："与予莫逆之交也！"自从反对新法，被王安石"宥之田里，姑示宽容"，范镇一直居住在老家南昌，得知司马光独乐园建成，专程赶来拜访，看到园内弊堂中，"一室萧然，图书盈几"，连被子也与贫寒人家无异，特意送一床布衾（被子）。司马光感念范镇友情，作《布衾铭》文，并以隶书抄写。这床布衾用了十多年，直到司马光去世仍盖在身上。

相比老朋友千里来访，四邻造访更多一些，清晨，黄昏，邻居们多来园中走动，有时看到位居三品高官的园主人吃饭，仅一盘野蔬，难免戏谑。司马光举起手中杯，同样戏谑，"还有一壶浊酒呢，共饮否？"

友邻的到来很愉快，孤独寂寞却是常态。这天，司马光沉浸在修史中，不知不觉一天又过去了，司马光轻撩"深衣"站起身来，望园中景色，不由感叹，吟诗曰："独乐园中客，朝朝常闭门。端居无一事，今日又黄昏。"

司马光退居洛阳，本来是政治上的失意，因为心里装着《资治通鉴》这部大书，又似天助其成，独乐园里固然孤独，却很清静，也很充实。

司马光在洛阳，判西京御史留台这个闲职之外，还有另一个职务：书局编修，即书局负责人。不避寒暑，不畏孤独，天天在独乐园读书堂内，要做的大事是编撰《资治通鉴》。

早在英宗治平三年，专事编修《资治通鉴》的书局已成立，至司马光判西京留台时，风风雨雨，已度过十年时光。

司马光自幼喜欢史学，进入仕途后，公事之暇遍览史籍，删芜求要，仿《左氏春秋传》体例，修成编年史《通志》八卷，治平三年，司马光任龙图阁直学士兼侍讲后，以《通志》为教材，给英宗经筵授课，讲历史故事，述兴衰治乱之道。司马光讲得鲜活生动，英宗听得兴味盎然。由此，司马光进呈《通志》八卷。英宗读后，下诏：龙图阁直学士兼侍讲司马光编修历代君臣事迹。

得到诏命后，司马光产生修撰一部编年体通史的想法，上书说："窃不自揆，常欲上自战国，下至五代，正史之外，旁采他书，凡关国家之盛衰，系生民之休戚，善可为法，恶可为戒，帝王所宜知者，略依《左氏春秋传》体，为编年一书，名曰《通志》，其余浮冗之文，悉删去不载，庶几听览不劳，而闻见甚博。私家区区，力不能办，徒有其志而无成。"

奏书最后，推荐刘恕、赵君锡同修。

英宗的御批超出了司马光的企望，同意续修《通志》，而不是另撰新著，书成之后再赐书名；照准所荐二人；第三条尤其让司马光高兴：在崇文院设立书局，自择馆阁英才同修。

设立书局，意味着这部书由私修变为官修。从此，将有人员，有经费，有办公场所，貌似官署。

奉调进入书局的刘恕（1032—1078），字道原，自幼聪颖好学，有若神童。十八岁参加科举考试，诗、赋、论均列上等，殿试却判为不中格。又到国子监试讲，赐进士出身。当过和川（今山西安泽县和川镇）知县，与王安石交情不错。变法开始，王安石曾想调刘恕去条例司任职，刘恕以不熟悉钱粮为借口推辞。刘恕科考时，司马光是考官之一，赏识其学问人品，给英宗的推荐奏章中说："馆阁之中，文学之士确实不少，至于专精史学，以臣所知，仅和川知县刘恕一人。"

所荐另一人赵君锡却来不了，其父新丧，需丁忧三年。

刘恕为司马光推荐了一个人，即曾调侃"水利法"，被王安石贬为泰州通判的刘颁。

英宗在位四年，诏命开设书局修史，是所做最英明事，还有更给英宗加分的是崇文院内有皇家图书馆龙图阁、天章阁，有国家档案馆秘阁和史馆，有国家图书馆昭文馆。英宗下诏：所有图书、史籍、档案，随书局取阅。又亲自交代：书局待遇与皇宫同，由大内派一名太监，专为书局服务，与皇帝联络。赐书局"御书笔墨缯帛，及御前钱以供果饵"。这可能是有史以来，文人从未有过的特权，文化从未有过的雨露。

这些特权，神宗继位后全部保留下来。

治平四年十月初九，书还在修撰过程中，司马光以翰林学士、经筵侍讲身份，首次在迩英阁经筵进读，呈上书稿。神宗另赐名

《资治通鉴》，亲自作序，令书成日写入；又赐当太子时藏于颖邸的旧书二千四百余卷。

如今，读神宗为《资治通鉴》写的序，目光之高远，落笔之沉稳，论断之准确，让人不能不为这位二十多岁的年轻帝王击节称赞。短短数百字，先将此书定为帝王之书，又以金口玉言，将《资治通鉴》与《史记》、司马光与司马迁相提并论，一下将《资治通鉴》提高到史学峰巅的位置。

神宗评价如此高，是因为确实从《资治通鉴》中学到不少治国之策，以至如饥似渴，边修边读，每成一卷，要先睹为快。书局迁到洛阳后，书稿由驿站传输京师，神宗等不及，"所读将尽，而进未至，则诏促之"。

司马光外放知永兴军前，刘颁因反对新法被外放，同修只剩下刘恕一人。司马光上书，调来龙水县（今四川省资中县西南）前任知县范祖禹（1041—1098）协助编撰。好不容易增加一人，刘恕又被调离。刘恕也是个直性子，大庭广众之下，当面直言王安石过失，也被外放。因刘恕母亲年迈，刘恕告归南康（今江西省赣州市南康区）老家，求任监酒税，以方便就近侍奉老母。神宗下诏：在南康任上继续修书，仍属书局人员。刘恕离去，书局又只剩下范祖禹一人。

范祖禹年幼失怙，性格孤僻，由叔祖父范镇像亲儿子一样抚养成人，二十二岁中进士，任龙水知县。熙宁四年四月，司马光外放洛阳，范祖禹一人在京城主持书局。奉派为书局服务的宦官马上变了脸。年轻的范祖禹一个小小七品官，苦守书局，处处受气，顿时方寸大乱，苦撑一年多，再也沉不住气，给主修司马光写信，建议解散书局，由司马光自修。

司马光退居洛阳赋闲，发誓不复言朝中事，以修撰《资治通鉴》为人生使命，深知要在有生之年完成这部巨著，没有皇帝支持，没有官府投入，仅凭一己之力根本不可能。与修成《资治通鉴》大业相比，忍辱负重，受人诽谤又算什么？

读罢信，司马光援笔回复，苦口婆心，苦苦挽留，向范祖禹讲道理。先说为什么不能解散书局，"光平生欲修此书而不能者，止为私家无书籍纂史，所以需烦县官耳。今若付光自修，必终身不能就也"。

再说范祖禹本人："你品行高洁，不入流俗，修史书如同隐居官府，不是很好吗？"

"况梦得（范祖禹字）和不随俗，正不忤物，虽处涂潦之中不能污，入虎兕之群不能害，雍容文馆，以铅椠为职业，真所谓避世金马门者也，庸何伤乎！"

他告诉范祖禹，修《资治通鉴》不仅高尚，而且是一项伟大事业，不仅要有渊博学识，还要有能坐冷板凳的勇气和"静以待之"的毅力。

说服了范祖禹，司马光意识到，要修成《资治通鉴》，书局再不能这样支离破碎，三个人三个地方，范祖禹京城苦守，自己洛阳总领，刘恕南康遥隶，仅靠书信往来沟通。司马光很快上书神宗，请求将书局迁到洛阳。神宗恩准，下诏将洛阳崇福宫作为书局修撰地点。

熙宁五年正月，范祖禹押马车十余辆，将书局在京城的所有书稿、资料送往洛阳。书局正式迁来，二人相见，喜极而泣。范祖禹却没有留下来，又回到京城。熙宁六年才重返洛阳，从此追随司马光，在洛阳修书十三年。

书局迁来了，由各居一方，变为司马光与范祖禹二人在洛阳，刘恕一人在南康。三个人各执其事，开始了漫长艰辛的《资治通鉴》编修。

史料浩繁，工作量巨大，三个人显然不够。熙宁六年十月，司马光奏请神宗，将养子司马康由京城调入洛阳书局，检阅《资治通鉴》文字，做枯燥的校对工作。

司马康时年二十八岁，熙宁三年中进士，任秘书正字，风华正茂，前程大好。但追随父亲修史是他的心愿，得到诏命，很快来洛阳加入书局。

元丰元年，书局再遭变故，同编刘恕积劳成疾，逝于南康，书局又仅剩下三人，直到六年后《资治通鉴》大功告成，仍只有三人。

# 十四、欲默不能忍

司马光潜心修书之时，王安石的变法却遇到麻烦，废止新法又有了希望。

熙宁六年，河北发生蝗灾，接着全国大旱，到熙宁七年春，中原地区已有十个月滴雨未落，赤地千里，饿殍遍野。天公作难，在帝王们看来是上天的责罚。神宗忧心忡忡，"损常膳，避正殿"，以惩戒自己。又派出官吏，四处祭神求雨，仍不能解除旱象。新法让民生疲惫，民怨沸腾，开封有百姓为躲避保甲法，不惜"截指断腕"。东明县农民不惜免役法之苦，竟然大闹京城，冲进王安石住宅。天下骇然，怨声载道，变法到底是好是坏？神宗又产生动摇，想废止部分新法。问王安石："闻民间殊苦新法？"

王安石劝神宗："水旱灾是自然现象，唐尧、商汤那样英明也不能避免，如今发生旱灾，不值得皇上焦虑，只需安排好人事，就足以应对。"

神宗说："此岂为小事，朕所担心的，正是人事没安排好。如今，免役法收钱过重，百姓难免怨恨。"

百姓流离，民怨四起，已让神宗忧心忡忡。后宫内，太皇太后、皇太后和皇后也声泪俱下，同声指责新法害民，"安石乱天下"。此时，神宗耳畔，全是新法的反对声。

王安石说天变不足畏，祖宗不足法，人言不足恤。如今三者全来，神宗真畏惧了。

压倒新法的最后一根稻草，是门监小吏郑侠献上的一幅《流民图》。

郑侠（1041—1119）虽然官职卑微，却也胸怀大志，刚直不阿。早年高中进士，授将作郎、秘书省校书郎，后为光州司法参军，曾深得王安石赏识，因政治歧见反对新法，被贬为京城安上门监门吏。此次大旱，目睹百姓扶老携幼，疲夫羸老塞道，忧愁困苦，身无完衣，郑侠痛心不已，绘《流民图》。画面上，流民颠沛流离，质妻鬻子，衣衫褴褛，身拴铁链伐树还债。又写《论新法进流民图疏》，送到宰相府大门口（阁门），因官职卑微不被接纳，只好假称紧急边报，发快马直送银台司，越级上报。

郑侠是以死净谏，请求神宗"上应天心，延万姓垂死之命"，疏中称："臣谨以逐日所见，绘成一图，但经眼目，已可涕泣，而况有甚于此者乎？如陛下行臣之言，十日不雨，即乞斩臣宣德门外，以正欺君之罪。"

三月二十六，《流民图》呈上，"神宗反复观图，长吁数四，袖以入，是夕，寝不能寐"。

三月二十七，采取十八项措施，青苗、免役法暂停追索，方田、保甲法罢黜。

三月二十八，神宗发《罪己求言诏》。此诏出自翰林学士承旨韩维之手，其中"意者朕之听纳不得于理软？狱讼非其情软？赋敛失其节软？忠谋谠言郁于上闻而阿谀壅蔽以成其私者众软？"显然是指责新政和王安石。

令司马光欣喜的是下一句："应中外文武臣僚，并许实封，言直朝政阙失，朕将亲览，考求其当，以辅政理。"神宗这是要广征民意，纳谏忠言了。

本来，司马光"间以衰疾，自求闲官，不敢复预国家之议"，接到神宗诏书，"读之感泣，欲默不忍"，忧国忧民之心又怦然跳动。退居四年，潜心修史，安享独乐之乐，新法给百姓造成的困境，不是不知道，也不是不想说，而是强忍不说。这回不同了，神宗既然有诏求言，依他的个性，怎能不上书直谏？

四月十八，司马光奋笔疾书，写下洋洋四千言《应诏言朝政阙失事》。

开篇先谈新法造成的六种弊端。一曰广散青苗钱，使民负债日重而县官（皇上，指国家）无所得；二曰免上户之役，敛下户之钱，以养浮浪之人；三曰置市易司，与细民争利，而实耗散官物；四曰中国未治而侵扰四夷，得少失多；五曰团练保甲，教习凶器以疲扰农民；六曰信狂狡之人，妄兴水利，劳民费财。

为什么会造成这么多流弊？只因重压之下，僚臣齐喑，没人敢说话，皇上被蒙蔽，这样下去，大宋的根基会动摇。解决的办法只有一个，放开言路，恢复纠错批评机制。

司马光的奏疏直言根本，振聋发聩。

当初变法的目的，是要富国、强兵、安天下。变法四年，国未富，兵未强，天下未安，反倒民怨沸腾，国家动荡。神宗再次摇摆，王安石深感不安，请求辞去相位，神宗"再四挽留"。四月十九，不等司马光的奏状送到京城，王安石罢相，改任观文殿大学士、知江宁府（今南京）。观文殿大学士、知大名府韩绛任同平章事（宰相），翰林学士吕惠卿为右谏议大夫、参知政事（副宰相）。

三天后，大雨如注，"远近沾洽"，辅政大臣入内祝贺。天人感应，似乎预示着新法失败，应验了郑侠的十日之誓。

王安石虽然离去，变法派仍执掌朝政，新政还在继续实施。

司马光失望，却不失落，他还有未竟的事业要做，一部光耀史册的巨著还等着他去完成。

《应诏言朝政阙失事》激怒了韩绛、吕惠卿为首的变法派。很快，司马光被免去判西京留台，改任提举西京嵩山崇福宫。崇福宫是个什么地方？汉代是道观，唐代是皇室避暑离宫，现在是书院，《资治通鉴》书局即奉旨在此修撰。"领宫观闲职"是宋代对失意朝臣的一种特殊处理方式。司马光一个三品高官，因非议新政，竟落到主管一个小小道观的地步。

司马光并不在乎官职大小，在崇福宫修史，埋头于《资治通鉴》中，度过了平静的五年时光。其间，熙宁八年二月，王安石复相。第二年十月，再罢相，由知江宁府改为判江宁府，从此著书赋诗，骑毛驴悠游岁月。王安石二次罢相后，神宗乾纲独运，亲行变法事，走王安石的路，用王安石的人，将自己由高高在上的皇帝变为亲力亲为的执政。吕惠卿频频得势，几次构陷曾经的恩师。新政又在全国实施，青苗法、免役法、水利法……国家还没富，百姓先穷了，民不聊生，怨声四起。朝臣钩心斗角，神宗垂泪朝堂。司马光常与老友书信往来，知道这些，也想过很多，却再没有发声。

元丰二年，一场不大不小的灾祸降临到司马光头上。事情由旷世奇才苏轼引起。司马光与苏轼年龄相差十八岁，性格也不同，一个严谨儒雅，一个豪放诙谐，却是常相往来的挚友。连司马光家的老仆人，也与苏轼很熟。平时，仆人称司马光"君实秀才"，司马光任宰相后，突然改口称"君实相公（宋人称宰相为相公）"，问原因，答："苏学士教也。"司马光对人说："我家仆人被苏轼教坏了。"

苏轼因反对新法被贬外放，先后任杭州通判，转任密州、徐州、湖州知州。每至一地，看到新法流弊，即形诸于诗。苏轼诗名遍天下，墨迹未干，天下尽知，怎能为变法派所容？最先认为苏诗诽谤新政的，是巡查新法的沈括，上报朝廷后，没有引起重视。元丰二年，苏轼调任湖州，新官上任，向神宗进呈谢表，写道："陛下知其愚不适时，难以追陪新进；察其老不生事，或能牧养小民。"短短几句话，被新任御史中丞李定、御史舒亶言抓住把柄，说苏轼衔怨怀怒，毁谤君父。又在苏轼旧作中，找出许多诗句，如"赢得儿童语音好，一年强半在城中"，是反对青苗法；"读书万卷不读律，致君尧舜知无术"，是讥讽官员法律考试；"东海若知明主意，应教斥卤变桑田"，是嘲讽水利法。

当年七月二十八，苏轼被捕。八月十八，押送御史台监狱。九月，御史台抄获苏轼寄赠他人诗词一百多首。神宗阅后大怒，顿起杀心。

御史台查抄的苏轼诗中有一首牵连到司马光。

独乐园建成后，司马光作《独乐园七咏》，寄给苏轼。熙宁十年，苏轼和《司马君实独乐园》诗一首，诗曰：

青山在屋上，流水在屋下。中有五亩园，花竹秀而野。花香袭杖履，竹色侵杯斝。樽酒乐余春，棋局消长夏。洛阳古多士，风俗犹尔雅。先生卧不出，冠盖倾洛社。虽云与众乐，中有独乐者。才全德不形，所贵知我寡。先生独何事，四海望陶冶。儿童诵君实，走卒知司马。持此欲安归？造物不我舍。名声逐吾辈，此病天所赭。抚掌笑先生，年来效喑哑。

细读此诗，可以看出，苏轼是在调侃司马光，说他声名之大，已到"儿童诵君实，走卒知司马"地步，对新政之弊却不发声，躲在独乐园陶冶情操，装聋作哑。

此案一出，震动朝野。王安石胞弟、同修起居注王安礼劝神宗："自古大度之主，不以言语罪人……恐后世谓陛下不能容才。"远在江宁的王安石也上书："岂有圣世而杀才士者乎！"

苏轼案所以引起朝臣强烈反响，是因为神宗严惩苏轼，会破坏不杀文人的祖宗之法，开本朝"因言获罪"先例。

还好，在众臣反对声中，神宗有所省悟。再则，宋代有完备的司法制度，御史台负责官员纠察，大理寺负责审判，刑审院负责抗诉，几次反复后，案件最终处理结果是：苏轼免死，贬为黄州团练副使。司马光、范镇及苏轼的十八位朋友，各罚红铜二十斤。其中，司马光在被罚官员中品秩最高，名列首位。

司马光一生，耿介正直，锋芒毕露，身为反对派的旗帜人物，屡遭政敌忌恨，不管遇到多大挫折，遭受何种攻讦，总能全身而退。之所以如此，他的个人品德是重要原因。罚红铜二十斤，是他官宦生涯中，所遭受的最重处罚。

御史台院内多植翠柏，黄昏时分，乌鹊集于其上，故御史台被称乌台，此案也被后人称为"乌台诗案"。

苏轼调侃司马光"喑哑"，是与老朋友开玩笑，也没有真正理解司马光。


"乌台诗案"发生前后，正是《资治通鉴》审稿的关键时期，司马光给自己规定，四丈长一卷的书稿，每三天审改一卷。若有事耽误，过后一定补上。

有段时间，他还真没少补课。

洛阳是"前执政重臣休老养疾之地"，朝中宰相一旦失势，往往被打发到这里。前任宰相文彦博因反对新法，由主管全国军事的枢密使贬为河东节度使，几年后，再贬为知西京留守。元丰五年正月，效唐人白居易"香山九老会"，"悉集士大夫老而贤者"定期雅集，以年龄为序轮流坐庄，相互宴请。雅集日，几位髯发似雪、衣着博雅的老人神仙般悠然而至，羡煞洛阳当地人，为之取名"耆英会"。会中十三人，多在七十岁以上，文彦博之外，还有另外两位前宰相富弼、曾公亮，司马光六十四岁，也被邀入，并应文彦博请求，写《洛阳耆英会序》。

几次雅集之后，司马光退出。加入由范纯仁组织的真率会。

范纯仁乃范仲淹之子，司马光被罢免判西京留司后，由他接任。会中七人，"皆好客而家贫，相约为真率会"。每次聚会，粗茶淡饭，"酒不过五行""食不过五味"。

与这些共为天涯沦落人、志同道合的朋友在一起，司马光暂时从枯燥寂寞的书斋中解脱出来，度过了一段短暂而快乐的时光。

不等享受真率会雅趣，正月三十，灾祸降临，夫人张氏病故，得年六十岁。张氏十六岁嫁给司马光，夫妻相亲相爱四十四载，溘然离世，司马光顿时陷入痛苦中不能自拔。二月二十九，质典仅有的两顷薄田筹措费用，于司马祖茔安葬夫人后，感觉自己老境渐深。

这年秋天，司马光突然感觉语言迟涩（语涩），这是中风的兆头，夫人离去，自己也大限不远。新政还在实施，虽然立誓不复言变法事，但不是没话说，他放不下心心念念的大宋，要在临离世前，将说过多次的话再说出来。

如同平常人立遗嘱一样，司马光要给神宗写一篇遗表，表达对新法的思考。

遗表开篇照例先写神宗英明："陛下天纵睿哲，烛物精敏。践祚以来，锐志求治。"

再写神宗用人之误：得一王安石，任之不疑，即使周公、管仲、乐毅、诸葛亮也没有得到过如此信任。可惜所用非人，安石所行新法，若青苗钱、免役钱、保甲法、市易法，皆逆人情，违物理，却用严刑峻法强制推行，有违背新法的，惩处比十恶不赦的强盗还严厉。

写到遗表初衷，司马光心情激动："臣窃见十年以来，天下以言为讳，大臣偷安于禄位，小臣苟免于罪戾，闾阎之民，憔悴困穷，无所控告，宗庙社稷，危於累卵，可为寒心，人无贤愚贵贱，莫不知之，而讫无一人敢发口言者。陛下深居九重，徒日闻谀臣之言，以为天下家给人足，太平之功，十已八九矣，臣是以不胜愤懑，为陛下忍死言之。"

最后希望神宗："览其垂尽之辞，察其愿忠之志，廓然发日月之明，毅然奋乾刚之断，悔既往之失，收将来之福。登进忠直，黜远佞邪。审黄发之可任，寤谗言之难信。罢苗役，废保甲，以宽农民。除市易，绝称贷，以惠工商。斥退聚敛之臣，褒显循良之吏。禁约边将，不使贪功而危国。制抑近习，不使握兵而兆乱。除苛察之法，以隆易简之政；变刻薄之俗，以复敦朴之化。使众庶安农桑，士卒保首领，宗社永安，传祚无穷。则臣没胜于存，死荣于生，瞑目九泉，无所复恨矣！"

从遗表言辞看，司马光是流着眼泪，强抑悲愤，写这封遗表的。

写完，特意在文后注："吾苦语涩，疑为中风之候，恐朝夕疾作，猝然不救，作遗表自书之，常置卧内，俟且死，以授范尧夫（纯仁）、范梦得（祖禹）使上之。"

生前不复言新法，死后也要将愿望表达出来，这就是司马光，一位不废新法死不瞑目的诤臣。

这封遗表最终没能交给神宗。一年后神宗即先他而去，君臣相别十五年，终不能再见。

## 十五、呕心沥血著《资治通鉴》

司马光退居洛阳，精力全用在修撰《资治通鉴》上，夜以继日，通宵达旦，毕竟五十多岁的人，难免体力不支。午间小憩，司马光担心睡过头，仿一百多年前的先贤钱镠，以圆木为警枕。他睡了一会儿，身体稍动，圆木枕便动，人便惊醒，起来后继续伏案修书。日复一日，司马光身体怎能吃得消，还不到花甲之年，须发全白，老眼昏花，牙齿所剩无几。

前任宰相曾公亮喜欢携妓春游，见司马光如此拼命，邀他一起外出游玩。回到独乐园后，老仆说："方花木盛时，公一出数十日，不惟老却春色，亦不曾看一行书，可惜澜浪却相公也。"司马光谈吐儒雅，言传身教，身边人耳濡目染，说话也如此文雅，老仆此话一出让他深感愧疚，发誓再不外出。耆英会诸老再来邀，搬出园丁话回绝。

司马光身体越来越差，再不抓紧，《资治通鉴》真要成未竟之作了。这边，他"殚精竭虑，穷竭所有，日力不足，继之以夜"，朝廷那边又传来消息，有人散布谣言，说《资治通鉴》迟迟不能修成，是因为司马光贪图皇帝所赐笔墨帛缯和果饵金钱。不久，又暗中派人调查，结果是书局搬到洛阳后，从未享受过皇帝的特别恩惠。恶语中伤让司马光有了紧迫感，为了这部书，他必须拼命。

司马光治史，"遍阅旧史，旁采小说"，广泛收集资料。然后，先作长编，"宁失于繁，毋失于略"，阅览参考图书正史之外，杂史三百二十余种，所修每个事件，参考至少三四种书籍才落笔。如此广采博引，三人书局完成的初稿堆满两间房子。司马光一丝不苟，每一卷，每一行，每一字，都亲自修改审定。其中"臣光言"，全部出自他的思考和撰写。他是当之无愧的《资治通鉴》主修，为这部书倾注了毕生心血。

《资治通鉴》中，仅唐代部分草本就有八百卷，以卷轴形式书写，一卷长四丈，计三千二百丈长，司马光为自己规定三天看一卷，一字一句，随看随删改修定，所作批注"讫无一字潦草"（黄庭坚语），每个字都是工工整整的楷书，最后定稿仅八十一卷。全书"上起战国，下终五代，凡一千三百六十二年，修成二百九十四卷。又略举事目，年经国纬，以备检寻，为《目录》三十卷。又参考群书，评其同异，俾归一途，为《考异》三十卷。合三百五十四卷。"如此繁复，耗去了漫长的十九年，仅在洛阳就十五年。

《资治通鉴》的主题明确——"止欲叙国家之兴衰，著生民之休戚"。司马光以帝师姿态，面对高高在上的帝王，像对待堂下学生一样，以史为鉴，以礼为矩，明明白白告诉帝王们，"国之治乱，尽在人君"。

元丰七年十一月，《资治通鉴》书成。

几天后，范祖禹、司马光、司马康赴京，进呈《资治通鉴》正本，神宗得到后，爱不释手，读得如饥似渴。宰相王珪、蔡确去见神宗，问怎么样？神宗答："当略降出，不可久留。"意思是，尽快转到中书省付梓印刷，不可拖延。又感叹："贤于荀悦《汉纪》远矣。"罢朝后，令人将每页都盖上"睿思殿"印章，再送中书省政事堂。睿思殿是皇帝御书房，有印章加持，表明神宗每页都读过。书送到时，舍人王震等人正好也在中书省，随宰相王珪、蔡确来政事堂，想随手翻看。王珪笑道："小心，这是皇上的宝贝，可不是谁都能动的。"

元丰七年十一月十五，神宗赐《奖谕诏书》。

　　敕司马光：修《资治通鉴》成事。

　　史学之废久矣，纪次无法，论议不明，岂足以示惩劝，明久远哉！卿博学多闻，贯穿今古，上自晚周，下迄五代，发挥缀缉，成一家之书，褒贬去取，有所据依。省阅以还，良深嘉叹！今赐卿银绢、对衣、腰带、鞍辔马，具如别录，至可领也。故兹奖谕，想宜知悉。

　　冬寒，卿比平安好。遣书，指不多及。十五日。

《资治通鉴》大功告成。而司马光呢？为修这部巨著，耗尽了精力，身体虚弱，憔悴不堪，两眼昏花，视物模糊，牙齿所剩无几，意识仿佛还沉浸在书中，眼前做事，转眼忘个精光。皇上御赐对他来说只是肯定，谈不上享受。

十九年来，念兹在兹，全身心投入，受到皇上嘉奖，他没有忘记做出贡献的同僚。向神宗所上《荐范祖禹状》中，司马光不惜贬低自己，抬高范祖禹："由臣顽固，编集此书，久而不成，致祖禹淹回沉沦，不得早闻达于朝廷。而祖禹安恬静默，如可以终身下位，曾无滞留之念。臣诚孤陋，所识至少，于士大夫间，罕遇其比，况如臣者，远所不及。"

十二月初三，神宗再度嘉奖修书成员，司马光以端明殿学士兼翰林侍读学士为资政殿学士；由于司马光倾力推荐，范祖禹以校书郎、前知龙水县，为秘书省正字。其时刘恕已故，刘攽罢官，未有嘉奖。

司马光念念不忘为《资治通鉴》献出生命的刘恕。哲宗元祐元年，又上《乞官刘恕一子札子》，说："臣往岁初受敕编修《资治通鉴》，首先奏举恕同修，恕博闻强记，尤精史学，举世少及。臣修上件书，其讨论编次，多出于恕。至于十国五代之际，群雄竞逐，九土分裂，传记讹谬，简编缺落，岁月交互，事迹差舛，非恕精博，他人莫能整治。"刘恕之子刘羲仲因此获封为郊社斋郎。

给助手这么高的评价，丝毫不埋没他们的功绩，于主修司马光是一种美德。

《资治通鉴》问世以来，称颂之声不绝，司马光因此与司马迁并称，被誉为"史学两司马"。论历史价值，最早为《资治通鉴》做注的宋元之际史学家胡三省说得最明白："为人君而不知《通鉴》，则欲治而不知自治之源，恶乱而不知防乱之术。为人臣而不知《通鉴》，则上无以事君，下无以治民。为人子而不知《通鉴》，则谋身必至于辱先，做事不足以垂后。乃如用兵行师，创法立制，而不知迹古人之所以得，鉴古人之所以失，则求胜而败，图利而害，此必然者也。"论其学术价值，现代史学大家岑仲勉的评价最中肯："《资治通鉴》是我国极负盛名之通史，论到编纂方法，史料的充实，考证的详细，文字的简洁，综合评论，确算它首屈一指。"

毛泽东主席曾十七次批注过《资治通鉴》，评价说："一十七遍。每读都获益匪浅。一部难得的好书……"

## 十六、黾勉就职，重立朝纲

元丰八年三月初七，《资治通鉴》完成刚过三个月，神宗驾崩，在位十八年多，享年三十八岁。皇太子赵煦即位，是为宋哲宗。

司马光闻讯，设灵堂于独乐园，行国祭之礼。三月十七，日行百里，五天赶了八天路程，三月二十二，抵开封赴国丧。

　　退居洛阳十五年，司马光本人可能都没想到，他在百姓中的声望会这么高，到京城城阙，士兵抬手加额致敬，说："这是司马相公啊！"走到大街，听说司马光来了，市民蜂拥，人山人海，道路壅塞，马不能前，大家都想一睹司马相公风采。他没当过一天宰相（相公），百姓已把他当宰相看了，齐声喊："相公不要再回洛阳，留下来辅佐天子，拯救百姓。"直到走远，"司马相公留下"的呼喊声仍不绝于耳。

　　还有更夸张的，司马光去宰相府邸拜谒，百姓攀树爬房，压断树枝，踩碎屋瓦，就想看到司马光。仆役制止，百姓回答："我可不是看你家主人，是想一睹司马相公。"

　　大宋立国以来，百姓有拦轿喊冤的，有击鼓告状的，哪有过呼喊别人做宰相的。

　　皇宫里也有人惦念司马光。新皇年幼，神宗病危时有诏，由当今皇上的祖母、太皇太后高氏垂帘听政。司马光到开封当晚，宦官来传太皇太后口谕，希望司马光"毋惜奏章，赞予不逮"。

　　百姓的愿望让司马光感到惶恐。祭奠毕神宗，太皇太后下诏：赴丧官员可不必辞行。第二天，司马光离开京城。

　　刚离去，太皇太后就听说了，专派使者前往洛阳，慰问之后，宣读谕旨，询问治国之策。

　　洛阳十五年，除熙宁七年，应神宗《罪己求言诏》，上过四千言《应诏言朝政阙失事》外，司马光履行了不复言新法事的诺言。这次，太皇太后专门派人询问治国之策，在他看来，这是朝廷要开放言路了。

司马光很兴奋，连夜拟《谢宣谕表》，次日上呈，称赞太皇太后"听政之初，首开言路"，是宗庙社稷之灵，四海群生之福。只要言路放开，"民间疾苦，何患不闻？国家纪纲，何患不治？"

三月三十，再上《乞开言路札子》，再次请求朝廷广开言路。他认为：王安石当政以来，以"一道德"压制异论，重压之下，官员们苟且偷生，范仲淹时代那种"宁鸣而生，不默而死"的士大夫风骨荡然无存，这种风气会对大宋朝纲的败坏，远比新法更大。

三月末到四月，司马光连上《进修心治国之要札子状》《乞罢保甲状》《乞罢免役钱状》，一鼓作气把朝廷积弊和十五年的思考写出来。这一个月，呈上奏章不下十个，洋洋万余言。

司马光还在洛阳奋笔疾书，开封那边，太皇太后却遇到难题，有人以"三年无改于父之道"为由，阻止废止新法。太皇太后久居深宫，不知如何应对。司马光为太皇太后解决了法礼难题。在《乞去新法之病民伤国者疏》中说："先帝之法，其善者虽百世不可变也。若王安石、吕惠卿所建，为天下害者，改之当如救焚拯溺。况太皇太后以母改子，非子改父也。"

"母改子政"，司马光这一说法，为废止新法扫除了法礼障碍。

四月十六，朝廷下诏，拜司马光为资政殿学士、太中大夫知陈州，新皇初登大位，司马光"义不敢辞"。五月，又诏知陈州司马光"过阙觐见"。

司马光再次呼吁"开言路"，在谢表中写道："臣禀赋愚钝，论文学政事都不如人，唯独不懂得忌讳，不依附权贵。能得到三位先帝赏识，百姓称赞，是因为臣敢说真话；若连真话都不敢说了，对朝廷还有什么用处？"

朝政还掌握在变法派手里。在司马光的催促和太皇太后的坚持下，五月初五，御史台张贴求言诏书，却"出榜止于朝堂，降诏不及诸道"，就是说仅朝堂官员能看到，州县官员连看的资格都没有。诏书中，又做出限制："阴有所怀，犯非其分，或扇摇机事之重，或迎合已行之令，上则观望朝廷之意，以侥幸希进；下则衔惑流俗之情，以干取虚誉，审出于此……"

这哪里是求言？分明是禁言。

五月十五，司马光从洛阳动身。一路上，"使者劳问，相望于道"。

五月二十三，司马光抵开封。看过御史台的六个"必罚无赦"求言榜，司马光怒火中烧，见过太皇太后，上《乞改求谏诏书札子》，逐条驳斥御史台的求言诏榜，说若按这样的方式求言，"则天下之事，无复可言者矣！是诏书始于求谏，而终于拒谏也"。

司马光还在来京路上时，辅政大臣出现空缺，五月十八，"三旨相公"王珪卒于宰相任上。太皇太后求贤若渴，五月二十七晚上下告敕，拜司马光为门下侍郎。

面对突然到来的荣耀，司马光并没有欣喜，当晚，写《辞门下侍郎札子》，第二天呈上，同时上《请更张新法札子》，隔天再上《辞门下侍郎第二札子》。几个札子的意思很明确，与熙宁三年力辞枢密副使一样，若臣之主张尚可采纳，即请施行，若不能采纳，请不要让臣尸位素餐，免受窃位之责。

司马光太着急了，新法从熙宁二年设立条例司开始实施，已过去十六年。朝廷中，从宰相到各部门负责人，地方上，从知州到知县，几乎全是变法派的人。且不说新法得不得人心，单如此盘根错节的人事布局，岂是太皇太后一纸诏书就能废除。

当晚，太皇太后派宦官送来手诏，大意是：任卿为门下侍郎，正是要与卿商量军国政事，卿此前所上奏章，我已了解，朝廷会再次下诏广开言路，只等卿上任后施行。

有太皇太后承诺，司马光不再辞让。

修完《资治通鉴》才半年时间，即就任副宰相。天降大任于斯人，司马光深知责任重大，担心德不配位。洛阳十五年，几乎断绝了朝中音信，如今担此重任，"有惧无喜"，感觉"如一黄叶在烈风中，几何其不危坠也"。

然而，有百姓呼唤，太皇太后信任，反对派众臣拥戴，废除新法的愿望促使，哪怕病体难支，也要"黾勉就职"。

六月初四，宰执大臣在延和殿觐见太皇太后，宰相蔡确，次相韩缜，副宰相张璪、李清臣、司马光，刚由宰相改任枢密使的章惇、枢密副使安焘，七位宰执大臣一起来到殿外，按正常排位，觐见时应"除拜先后为序",即以任职时间先后为序,司马光任职时间最晚,本应排在最后,张璪等人却共同请求司马光排第一。太皇太后竟同意了。

六月十四,司马光以副宰相身份再上奏章,建议开言路,强调诏书必须"颁行天下"。

六月二十五,朝廷颁诏:允许一切官民人等直言朝廷得失、民间疾苦,并以"实封状"报知朝廷。很快,四方吏民言新法不便者,数千人。

宋朝农民也是弱势群体,司马光认为:农民奏状更不可忽视。在九月初三上的《乞省览农民封事札子》中说:"窃惟四民之中,惟农最苦。农夫寒耕热耘,沾体涂足,戴星而作,戴星而息。蚕妇育蚕治茧,续麻纺纬,缕缕而积之,寸寸而成之,其勤极矣。而又水旱霜雹蝗蝻,间为之灾,幸而收成,则公私之债交争互夺,谷未离场,帛未下机,已非己有矣……"

在司马光的不懈坚持中,农民诉疾苦实封状一百五十道,被特意选出,除所诉重复外,全部标出进呈。

有百姓呼声,司马光占据了舆论高地,得到太皇太后支持,五月二十七担任副宰相到年底,仅七个月时间,先后废除了保马法、保甲法、市易法和方田法。

新一年来了,新皇新年号,哲宗的年号为元祐,这一年是元祐元年。

司马光身体虚弱，骨瘦嶙峋，举步维艰，朝觐时，连一拜之力也没有，病足之外，心悸，战兢，流汗。变法派开始在开封城散布流言，说司马光"老且病，将不能终其事乎"。听到这话，司马光想到恶法未废，对养子司马康说："期于竭忠，不敢爱死。"

在司马光心里，损害百姓即为恶法，留用民脂民膏即为不义。

王安石新法当中，搜刮百姓最厉害的是免役法。司马光斥之为"大害"，写给执政同僚的《三省咨目》中说："当今法度所宜最先更张者，莫如免役钱。"

大宋开国以来，百姓以家庭为单位，按男丁数量向官府提供无偿劳动，叫差役法。免役法则是交钱免役，按贫富等级出钱，由官府雇人服役。

还在洛阳时，司马光就看出免役法的弊端，曾上《乞罢免役钱状》，认为：让百姓出钱雇役，无异于"割鼻饲口"，"利于富者而不利于贫者"。

元祐元年正月，司马光不顾病体难支，再上《乞罢免役钱依旧差役札子》，指出免役法的危害：过去实行差役法，衙前差遣的土著良民都有田产家庭，在官府当差不敢有过分举动，现在花钱雇的多为浮浪之人，狐假虎威，曲法受赃，一时事发，则举家逃离。自古农民有的，不过谷、帛和力气，唯独缺少钱。免役法是取其所无，弃其所有。

最后说设立免役法的目的，不过是尽殄民之生计，聚敛钱财。

他建议：废除免役法、恢复差役法。

他的方案是：将官府为聚敛钱财统一向农民收钱雇人，改为差役、出钱两便，不愿意当差的，自己花钱雇人，若所雇之人带走官物逃跑，由雇者负责。若不能独自承担赔偿责任，按照旧例，由官户（租种官田者）、僧道、寺观、单丁、女户中，每月收入十五贯以上，或庄田每年收百石以上者，随其贫富等级，收助役钱。

司马光的方案主要采用过去的差役法，汲取免役法长处，但缺少具体实施细节。再则，要求各县收到废除免役法、恢复差役法敕令后，五日内将修改意见报到州府也过于仓促。这些都成为被攻击的焦点。

札子呈上去后，太皇太后批复给中书、门下、尚书三省和枢密院，令草敕下达。

宰相蔡确、枢密使章惇、台谏官苏辙认为方案有疏漏少细节。司马光只当过几个月韦城令，通判郓城、河东四年，没有地方工作经验，缺少具体实施办法本不足为奇。有人却想利用这一点给司马光下绊子。

宰相蔡确是王安石旧人，打定主意要陷害司马光，明知改革方案缺少细节，却一味顺从，奉旨起草诏书，几乎照抄司马光札子原文。不想，聪明反被聪明误，被台谏官刘挚看穿，一通猛批，不得已递交辞呈，出知陈州。

枢密使章惇被后世称为奸臣，才气逼人，言辞锋利，对司马光的方案也不满，采取的方式是当众怼，让司马光下不来台，利用丰富的地方工作经验挑刺，一口气提出司马光方案的八方面问题，指出"虽有忧国忧民之心，而不讲变法之术，苟且速就，施行无绪"。这话本来还算公允，千不该，万不该，愤恚争辩帘前，口出不逊，竟诅咒太皇太后："若这样做，异日难免奉陪吃剑！"太皇太后大怒，如此轻薄无行，怎能容忍？几天后，章惇被贬出朝。

苏辙刚任台谏官不久，给太皇太后的奏疏言辞温和克制。指出方案的缺陷后，说："臣恐稍经岁月，旧俗滋长，役人困苦，必有反思免役之便者。"

苏轼时任中书舍人，认为免役、差役两法各有利弊。司马光不以为然，苏轼又到政事堂理论，司马光生气了。苏轼说："以前韩魏公（琦）刺陕西义勇，先生是谏官，曾极力抗争，韩公不高兴，先生也义无反顾。如今当上宰执，怎么就不许人说话了呢？"司马光听后，微笑，致歉。又一回，两人再次争论差役、免役利弊，仍各执一词，苏轼回去后，一边卸巾驰带，一边大喊："司马牛！司马牛！"

好友、尚书右丞吕公著也指出司马光方案的瑕疵，说："大意已善，其间不无疏略。"

还有人见风使舵，讨好司马光。此人就是以后徽宗朝宰相、时任开封知府的大奸臣蔡京。敕书下达后，蔡京立即令开封、祥符两县，依差役旧法执行。五日后，兴冲冲来政事堂汇报，得到司马光口头表扬。开封府就在京城，得就近之便，五日内开始执行本不足怪，却成为日后梁启超等人诟病司马光欣赏奸佞的依据。也是司马光过于着急，太缺少人情世故，没有看出蔡京的用心。

司马光抱病在家，明白方案并非完美，但百姓已处水深火热之中，容不得慢慢来。二月十七，再上《乞坚守罢役钱刺不改更札子》，请朝廷"执之坚如金石，虽有小小利害未备，俟诸路转运司奏到，徐为改更，亦未为晚。当此之际，则愿朝廷勿以人言，轻坏利民良法"。

二月二十八，太皇太后下诏："役法利害，若不精加考究，何以成万世良法。宜差资政殿大学士兼侍读韩维、吏部尚书吕大防、工部尚书孙永、给事中兼侍读范纯仁，专切详定以闻。"

元祐元年闰二月初二，病榻上的司马光接替蔡确出任尚书左仆射（宰相）兼门下侍郎。同一天，免役法废除，按司马光的方案敕令执行。

司马光病情加重，身体虚弱，连入朝拜谢的力气都没有，上《辞左仆射第一札子》，太皇太后不允许。接着上第二札子、第三札子，说自己才能、禀赋、身体状况，都不适合当宰相。相持二十多天，实在无法辞让时，在辞章中说："臣非敢爱身，实恐误国。"

他是百姓爱戴、百官拥戴的"司马相公"，尽管垂垂老矣，卧病在床，太皇太后还是认定，宰相非司马光莫属，有他在，朝廷方能"以致天下士"，聚拢大宋精英，有他在，才能坚定不移地废除弊政。

司马光成为抱病居家拜相第一人。接受任命当天，亲书"榜稿"，张贴在家中客位（客人坐的位置）：

> 访及诸君，若睹朝政阙遗，庶民疾苦，欲进忠言者，请以奏牍闻于朝廷，光得与同僚商议，择可行者进呈，取旨行之。若但以私书宠谕，终无所益。
>
> 若光身有过失，欲赐规正，即以通封书简分付吏人，令传入，光得内自省讼，佩服改行。
>
> 至于整会官职差遣、理雪罪名，凡干身计，并请一面进状，光得与朝省众官公议施行。若在私第垂访，不请语及。
>
> 某再拜，咨白。

司马光平日自律甚严，当上宰相后更是洁身自好。榜稿实际是"告来客书"：若是因为朝政缺失和百姓疾苦进言，请以书面形式报告朝廷，不要用私信。

如果我本人有过失，请将书信送下属官吏转达。

若是跑官要官、告状申冤，凡涉及私人事，请一并写状子进上。若在私宅做客，请勿论及。

又备"草簿数枚"常置左右，宾客来访，无论贤愚长幼，以疑事询问，"苟有可取，随手记录，或对客即书，率以为常"。

病情日重，最怕凉风，司马光请人裁黑色粗绸，下朝后，脱去官帽包在头上，时人称作"温公帽"，以后多在司马光画像中出现。

　　远在北方的辽国皇帝得知司马光拜相消息，向边吏下敕令，"中国相司马矣，切毋生事、开边隙。"

　　此时，王安石同样抱病，得知司马光任宰相，怅然曰："司马十二当宰相了！"又得知免役法被废，愕然说："亦罢至此乎！"良久，喃喃自语："此法终不可罢也。"

　　正如王安石所料，免役法虽被明令废止，以后还有所反弹，连范纯仁也说："差役一事，尤当熟讲而缓行，不然滋为民病。"青苗法因郑侠《流民图》，被朝野唾弃已久，闰二月初八，朝廷敕令罢黜，"其诸路提举官并罢"，依旧常平旧法执行。

　　至此，免役法、青苗法，再早还有保甲法、保马法、市易法、铁茶法，王安石的"嘉祐新法"被司马光以快刀斩乱麻的方式，大部分废止。

　　新法推行十六年之久，司马光深知并非一朝一夕能彻底废除。三月，司马光在病榻上收到一封书信，写信人叫毕仲游，时任卫尉丞。此人博览群书，见识高远，与司马光结交甚厚。半卧病榻，司马光开始读这封书信。

　　　　昔王安石以兴作之说动先帝，而患财不足也，故凡政之可得民财者无不举。盖散青苗，置市易，敛役钱，变盐法者，事也；而欲兴作，患不足者，情也。盖未能杜其兴作之情，而徒欲禁散敛变置之法，是以百说而百不行。今遂废青苗，罢市易，蠲役钱，去盐法，凡号为利而伤民者，一扫而更之，则向来用事于新法者必不喜矣。不喜之人，必不但曰不可废罢蠲去，必操不足之情，言不足之事，以动上意，虽致石而使听之，犹将动也，如是则废罢蠲去者皆可复行矣。

读到此处，司马光直起身来，信中所言，正是他所担心的。接下来的话更令他忧心忡忡。

昔安石之居位也，中外莫非其人，故其法能行。今欲救前日之弊，而左右侍从、职司使者，十有七八皆安石之徒，虽起二三旧臣，用六七君子，然累百之中存其十数，乌在其势之可为也！势未可为而欲为之，则青苗虽废将复散，况未废乎！市易虽罢且复置，况未罢乎！役钱、盐法，亦莫不然。以此救前日之敝，如人久病而少间，其父子、兄弟喜见颜色而未敢贺者，以其病之犹在也。

毕仲游是在提醒他，要废除弊政，仅靠志同道合的几个人是不可能的。如今，弊政表面上废止，其实根源未除。司马光初读惊悚，但出于"和而不同"的处事方式，很快又不以为意。不以铁腕手段将反对派赶尽杀绝，也许是司马光与王安石执政方式的不同。

元祐元年四月初六，新法倡导者王安石薨于江宁府，一方旗手倒下，新旧法之争暂时分出胜负。消息传至开封，司马光令人焚香，取来公服，在养子帮助下穿戴整齐，向南方长揖之后，肃立良久，老泪纵横。随后，给吕公著写信，请对王安石优加厚礼，并公正评价："介甫文章节义，过人处甚多，但性不晓事，而喜逐非。致忠直疏远，谗佞辐辏，败坏百度，以至于此。"这是惺惺相惜，又是感慨惋惜。后人朱熹曾说："温公忠直，而于事不甚通晓。"与他对王安石的评价何其相似。

上天好像特意用针锋相对的两个人辅佐大宋，没有他们，大宋该多么寂寞。

## 十七、躬亲庶务，欲以身徇天下

王安石仙逝，司马光自己也病体恹恹，从正月二十一请假，到五月初二上朝理政，病了一百三十多天。其间由门下侍郎（副宰相）升任尚书左仆射（宰相），几乎是在病榻上处理政务，废除了轰轰烈烈十六年的"嘉祐之治"，开始了匆匆忙忙的"元祐更化"。

身体虽暂时恢复，脚上疮口还未痊愈，步履艰难。太皇太后下旨，特许司马光每三天去尚书省政事堂或门下省议事。若有诏入宫，乘轿子至崇敬殿门外，由养子司马康挽扶，在延和殿垂帘对话。

此时的司马光面色蜡黄，骨瘦如柴，给人一种风烛残年的感觉，可说起激愤事，却还是那么声若洪钟。真到油尽灯枯的时候了，他还有许多事放心不下。

最令司马光难以释怀的是与西夏的关系。

王安石当初变法，是要富国强兵。强兵的目的，是要开疆拓土，实现神宗媲美汉唐、名震寰宇的丰功伟业。熙宁五年，在神宗亲自主导下，熙（熙州）、河（河州）开边成功，拓地两千里。神宗看到了梦想变为现实的希望，以后连年对西夏用兵。元丰四年趁西夏发生政变，国主秉常被囚，宋神宗出兵五路讨伐，虽占据兰州、米脂、通远军，攻灵州城一路大军却遭惨败，开始猛攻猛打，几乎破城，不料被夏军决水灌营，宋军士卒冻溺而死，损失殆尽，其他几路也伤亡惨重。

外部灵州大败，内部新法受挫，神宗夜不能寐，忧郁成疾。

元丰五年八月，又兴兵西夏，采用延州知州沈括建议，筑永乐城，赐名银川寨。十多天后，被西夏数十万大军包围。九月二十，城破，宋军几乎全军覆没，"将校死者数百人，丧士卒、役夫二十余万"。

神宗得知后，临朝痛哭流涕，一连几天吃不下饭，病情更重。

元丰七年春，西夏反扑，步骑兵八十万大军包围兰州，又进犯延州、德顺军、定西城及熙河各堡寨。

灵州、永乐大败，"官军、熟羌（归顺已久的少数民族）、义保死者六十万人，钱、粟、银、绢以万数者不可胜计"。令人沮丧的战报不断从西北传来，神宗梦想被彻底击碎，内外交困中，病情日重，不久含恨而终。

连年用兵，耗尽了大宋国力，在司马光看来，穷兵黩武乃"天下之毒，财用之蠹"，是恶政恶法的源头，强调："今日公私耗竭，远近疲弊，其原大概出于用兵。"从仁宗宝元元年宋夏战争开始，几十年来，朝廷就因边备财政吃紧，不惜制定各种恶法，搜刮百姓，聚敛财物，造成各种社会矛盾。司马光反对战争，并非反对开疆拓土，而是反对战争给百姓带来的灾难。这是他的一贯主张，三十年前，写过"何必燕然刻，苍生肝脑涂"，几年前，在《遗表》中说过："借使能逾葱岭，绝大漠，鏖皋兰，焚龙庭，又何足贵哉？自古人主喜于用兵，疲弊百姓，致内盗蜂起，或外寇觊觎者多矣。"他认为：要想大宋长治久安，避免朝代更迭，国家需要自强，百姓需要生息，是该停止战争，与西夏修复关系。

西夏同样被战争耗尽。元丰八年，神宗驾崩后，西夏主动示好，进献马匹，帮助修建神宗陵寝。西夏国主母丧，大宋派使者吊祭，西夏进献其母遗物、马匹、白骆驼。

司马光认为，"不和西戎，中国终不得高枕"，应趁哲宗新立，西夏有意修好的机会，改善两国关系。元祐元年二月初三，还任门下侍郎（副宰相）时，曾上《论西夏札子》；二月十二至十六，又连上两道《乞未禁私市先赦西人札子》；四月初四，病假期间，再上《乞抚纳西人札子》。

在司马光努力下，两国关系开始修好。

五月，西夏遣使者进贡，祝贺哲宗新登大位。

六月，西夏再遣使者朝贡，这次目的明确，语言傲慢，"直求侵地，指陈兵端，辞意浸慢"，提出归还元丰四年以来大宋从西夏掠来的土地，不然就再兴兵事。

听说西夏使者到来，司马光连上三札，请求扶病入见。在《论西人请地乞不拒绝札子》中说："惜此不毛无用之地，结成覆军杀将之祸，兵连不解，为国家忧。"他主张以土地换和平。

司马光最遭后世诟病的就是这一点。寸土不让，一寸河山一寸血，是国人的固有观念，何况是大宋将士以鲜血生命换来才五年的五寨之地，与民生息愿望再好，不过是希图苟安一时。司马光忠君爱国，谙熟历史，熟读儒家经典，岂不比任何人都清楚这个道理？可是，拒绝后怎么办，一败再败之后重燃战火，百姓会再遭涂炭，将士会再马革裹尸，这些都是司马光不愿意看到的。

事关国家主权，这事情太敏感了。执政大臣意见不一，最后按同知枢密院范纯仁的意见，待西夏交还永乐之战被俘将士，再作商议。

西夏事似了未了，青苗法又有死灰复燃迹象。司马光请病假期间，范纯仁以国用不足，请在部分地方随百姓意愿，散青苗钱。

当时司马光并不反对。苏轼上书指出：过去王安石实施青苗法，也曾下令禁止抑配，如今这么做，等于恢复青苗法。司马光读后，"始大悟"，八月初六，不顾脚疾抱病入朝，呈上《乞罢散青苗钱白札子》。

延和殿内，司马光隔帘读完札子，朗声问太皇太后："不知是哪个奸邪之人，劝陛下复行此事？"

范纯仁也在殿内，听到后面色煞白，愣在原地不敢吭声。

在这两件大事上，司马光拖着病体，几次入朝面圣，据理力争，为了国家安定、社会祥和，他尽力了。


入朝理政数月，司马光躬亲庶务，不舍昼夜。有宾客看到他身体羸弱，用诸葛亮鞠躬尽瘁的事例相劝，说："诸葛亮凡二十罚以上的案子必亲自处理，操劳过度，导致生病，大人不可不引以为戒。"

司马光说："死生，命也！"做事反而更加勤勉。

八月，开封城西风悲凉，秋叶渐黄，司马光病情更笃。八月十二，西府议事时，突然昏厥，被抬回去后，再没能回来。

从正月下旬请病假到昏厥，前后八个月，司马光足不能行，腿不能屈，却更加拼命，他想做完未竟之事，以致梦中呓语，也全是天下大事。这次昏倒，自觉大限不远，开始安排后事，向念兹在兹的大宋告别。

八月二十一，辞明堂大礼使。

八月二十四，辞明堂宿卫。

最后，辞提举修《神宗皇帝实录》。

连辞三职，他真要走了。

九月初一，黄叶飘零，星宿陨落，司马光溘然薨于西府（官邸），享年六十八岁。

他是操劳死的。家人收拾遗物，书案上还留有八张未完成的奏稿，全是亲笔书写，论当朝要务。病榻上，干干净净，唯有枕间有亲书《役书》一卷。

他是真正的以身徇天下，用生命践行了"治国平天下"的理想。他去了，还有一件大事没有完成，付出毕生心血的《资治通鉴》，尚未付梓印行，这是最大的遗憾，但托付给弟子范祖禹和才华横溢的大学者黄庭坚校订，他应该放心。

太皇太后高氏得到消息，痛哭流泪，小皇帝哲宗也泪流满面，停止视朝三日。

九月初六，是大宋一年一度的明堂祭天大典的日子。司马光临终前，已知道来不及参加，连辞明堂大使、宿卫职务。因为司马光去世，这年的大典气氛格外沉痛，形式格外简单。大典礼毕，太皇太后和哲宗一起驾临西府吊唁，"哭之哀甚"。

哲宗下旨：司马光"赠太师、温国公，以一品礼服，赙银、绢七千"。哲宗御篆神道碑碑额，题曰"忠清粹德之碑"，命苏轼撰书碑文，又赐银两千两修建碑楼。命户部侍郎赵瞻、内侍省押班冯宗道，护送灵柩回夏县安葬，并"官其亲族十人"。

按大臣谥法礼制，赐司马光"文正"谥号。行出于己，名生于人，宋人认为："谥之美者，极于文正"，"文正"是一个文官至高无上的哀荣。有北宋一朝一百六十七年，"居相位者七十二人，位执政者二百三十八人"，此前仅名相王曾、名臣范仲淹得到过，司马光是第三位。早在他任知太常礼院时，仁宗为自己的启蒙老师、前枢密使夏竦赐谥号"文正"，被他上书阻止，引起轩然大波。如今，司马光自己也被谥"文正"，是风平浪静，还是会一波三折？

开封市民得知司马光病逝，主动罢市凭吊。有人画司马光像，刻印出售，市民争相购买，每家都有一幅，各地百姓也托人从京城购像，贴在堂前，饭前必祈祷祝福。连岭南封州（今广东省封开县东南）的父老乡亲，也自备祭品，相继来京城凭吊。

灵柩进入陕西地界，百姓沿途哭吊，如丧至亲。

元祐二年正月初八，司马光被安葬在涑水故园，墓穴选在父亲司马池坟丘右首，另一边，是兄长司马旦的坟丘。父子分离四十多年，如今，他又回到了父亲身旁。

这天，寒风鸣咽，纸鸢若雪，鸣条岗上，来自四面八方的送别百姓绵延数里，多达数万人，像痛悼亲人一样，敛袵哀号，素服流涕。

司马光以文章名世，十五年间，居陋室，修《资治通鉴》，仅做了七个月宰相。这七个月里，他的身体从没有好过，骨瘦嶙峋，病足碎行，而且执拗刚烈，发起脾气来，连最好的朋友都害怕，明明就是个倔老头，不知为什么，留给后人的印象，却是温文尔雅的君子风度。他去了，"而名震天下如雷霆，如河汉，如家至而日见之"（苏轼语），士大夫崇敬，商贾崇拜，连素不相识的百姓也爱戴。此时《资治通鉴》还没刊印面世，史学巨匠的桂冠还没落到他头上，即使印行，普通百姓也不会去读，大家爱戴的是司马相公，崇敬的是"司马相业"。所以如此，无非一个"和"字。他的观念里，"和"的根本是"辅世养民"，与同僚朋友，可以"和而不同"，政见相争，也能和而存异。他的理想社会也是一个"和"字，所谓"万物并育而不相害，道并行而不相悖"。再一个字是"爱"，爱大宋，更爱大宋百姓，宁可身背骂名，也要让百姓过上祥和平静的日子。

他留给后人的印象，是精神风骨，是百代一人的风范，是毫无瑕疵的道德品行，而不是那个执拗的病宰相。

# 十八、盖棺难定论

司马光走了，哲宗御笔书碑额的"忠清粹德之碑"，高高矗立在鸣条岗司马温公祠前。这是他的荣耀，也是大宋政治的晴雨表。

一部《资治通鉴》为他赢得了伟大史学家的声誉，一场新法废立之争，却让他盖棺难定论。

元祐年间（1086—1094），司马光主导废除了大部分"熙宁新法"，被后世称为"元祐更化"。司马光离开了，政见之争演变为新旧党之争、恩怨之争，唯我君子，他皆小人，"元祐更化"变味，渐渐蜕变为"元祐党争"。

元祐八年九月初二，垂帘摄政九年的太皇太后高氏病逝，谥号"宣仁"，是非荣辱同样降临到这位尊贵的女子身上，公义存疑，私德无愧，赞誉的人称其为"女中尧舜"，因为她的尊贵，"元祐更化"变为"元祐之治"。同时，也有人将她与吕雉、窦太后并称，认为她是祸国害民的女人。

小皇帝哲宗长大，终于结束九年"惟见背臀"的委屈，开始亲掌朝政。

九年前，司马光辅佐宣仁太后"母改子政"，现在，哲宗要"子继父政"。

被废的新法全部恢复，被贬黜的新党官员再受重用，章惇还朝，出任宰相，安焘、蔡卞等人出任副宰相。反对新法的旧党全部被贬谪，范纯仁、吕大防、苏轼、苏辙、范祖禹，连退休的文彦博、韩维都被牵连，无一幸免。

对于已死之人，哲宗也没放过。司马光是旧党精神领袖，尤其要整肃，被剥夺"文正"谥号，追贬清远军节度副使尤不解气，死了也要流放发配到崖州（今海南），再追贬六品司户参军。按照章惇、蔡卞意图，本来是要"发冢斫棺"，扬坟弃尸的，好在哲宗没答应。绍圣元年七月，哲宗下旨，推倒他御笔撰额的司马光神道碑。高大的碑体轰然倒地，斯为四段，"忠清粹德之碑"御笔和苏轼所写碑文被磨去，碑亭、祠堂毁为废墟。《资治通鉴》再好，也因是司马光写的，要列为禁书销毁。初版《资治通鉴》因此无一本传世，若没有神宗御序，连雕版也险些被毁。

转瞬间，司马光由一代圣人、完人，变为十恶不赦的罪人、恶人。

元符三年正月，大宋皇帝"英年早逝"和"膝下无子"的魔咒再次降临，才二十五岁的哲宗驾崩，没有留下子嗣，异母弟、端王赵佶即位，是为徽宗。十九岁的徽宗喜欢舞文弄墨，在章惇看来，"轻佻，不足以君天下"，大宋不得不再一次由太后"垂帘听政"，这次轮到神宗的皇后、哲宗徽宗的皇太后向氏。王安石变法之初，向氏曾哭诉新法不便，垂帘后，又召回元祐旧臣，恢复司马光的"文正"和遗赐，史称"小元祐"。向太后垂帘两年就死了，司马光神道碑还没来得及重新立起又停止。

崇宁二年二月，王安石的学生蔡京任左仆射（宰相），当年为迎合司马光，五天之内恢复差役法，如今却视旧党为仇寇，拜相两个月后，将司马光、吕公著等一百二十人定为"元祐奸党"，凡元祐年间受太皇太后重用的大臣悉数遭殃。由徽宗御书，刻"元祐奸党碑"于皇城端礼门，以震慑警戒上下朝经过的文武百官。九月，又命各路、州复刻"元祐奸党碑"，立于官厅，有以元祐学术聚徒传授者，罚无赦。第二年六月，蔡京意犹未尽，亲自书写碑文，再立"元祐党籍碑"于文德殿门，并发布到各地。

这回涉及人数更多，以司马光为首，包括吕公著、范纯仁等元祐朝臣计三百零九人，连新党重要人物章惇、王珪也赫然在列。皆因他们在徽宗上位时表现不积极，看不起蔡京。

崇宁三年六月，刻碑令下到永兴军（长安），一位叫安民的石工被指令镌刻石碑，推辞说："我是个愚钝之人，不知道立这个碑是什么意思。但是像司马相公这样的人，全天下人都赞美他正直，这碑文却说他奸邪，我实在不忍心刻这样的字眼。"地方官大怒，打算给安民定罪，安民哭泣诉说："既然这样，我实在不敢推辞，只有一点要求，希望不要在石碑上刻我的名字，免遭后人唾骂。"

令蔡京没有想到的是，因为"元祐党籍碑"上司马光的名字名列榜首，上榜官员后人纷纷以先辈跻身其中为荣，向人夸耀，全然不将朝廷评价当一回事。

崇宁五年，西方出现彗星，又一次天人感应，北宋"六贼之首"、四起四落的蔡京第一次被罢相。徽宗下诏，将蔡京所立"元祐党籍碑"全部销毁，解除党禁学术限令。

如此反复折腾，大宋陷入"党争"泥沼，仁宗时代温和宽厚、吸纳包容的政治风气远去，取而代之的是无休无止的政治倾轧和相互迫害，直到大宋灭亡前仍没消停。如果说，王安石的"熙宁变法"富国强兵之外，有副作用的话，此为其一，也正是司马光当年最担心的。

靖康元年二月，金兵围困开封，风雨飘摇的大宋朝廷才意识到司马光的价值，宣布恢复司马光"文正"谥号。可是太晚了，不等诏书传出，十二月初二，开封城破，徽宗赵佶、钦宗赵恒被俘，连同皇族、嫔妃、宫女和近臣、工匠一万四千多人被押往金国，北宋灭国。

从司马光得谥号"文正"起，四十年间，一波三折，起起落落，两次被剥夺，两次被恢复，那块"忠清粹德之碑"再也没能重新竖立起来。

靖康之变后，宋室南迁，徽宗之子赵构于应天府（今河南商丘）立国称帝，是为宋高宗。谈到靖康之变时，赵构说："安石之学，杂以霸道，取商鞅富国强兵之说。今日之祸（靖康之变），人徒知蔡京、王黼（北宋末年宰相）之罪，而不知天下之乱，生于安石。"赵构的话显然有掩饰其父兄亡国之嫌疑。城头抗击金人的名臣李纲也对"靖康之耻"有过论述，他说："元祐大臣，持正论如司马光之流，皆社稷之臣也，而群枉嫉之，指为奸党，颠倒是非；政事大坏，驯致靖康之变，非偶然也。"

建炎年间，司马光被请进赵氏宗祠，配飨哲宗。南宋度宗咸淳元年，又将司马光请进孔庙，配飨孔子。

南宋民间则奉司马光为"三圣"之一，与孔子、孟子并祀。南宋末年的《八相图》，将司马光与历史上的七位贤相并列，这七人是周公、张良、魏征、狄仁杰、郭子仪、韩琦、周必大。司马光画赞曰："……时维司马。如柱如石，克建大厦。退居西洛，十有五年。著书立言，成名自天。既相君实，欢声洋溢。农安于田，妇安于室。复我良法，式循祖宗。进良退奸，坐致融融。四方仰止，图像克肖。饮食必祝，家至户到。食采温国，著名凌烟……"

在与南宋王朝对峙的大金朝，司马光同样备受尊崇。

金皇统九年正月十六，左丞相完颜亮生日，金熙宗完颜亶派朝臣大兴国以司马光画像、玉吐鹘、厩马赐之，希望完颜亮以司马光为楷模忠君爱国。

同一年，大金夏县知县王庭直拜谒司马光温公祠，听余庆禅院守祠僧人讲述往事，感慨良多，令人寻觅"忠清粹德之碑"残石，终在龟趺之侧一棵杏树下找到，"忠清粹德之碑"重见天日。由于碑断文灭，加上财力所囿，王庭直在众僧和司马光族人协助下，将残石斫凿整理，以原碑之宽为现碑之高，磨制为大小相等的四块，以寻访到的神道碑原拓为蓝本，篆刻重立，加上碑额和重立碑记，共计五石。由于那棵杏树"蟜枝蟠屈，辕映交护，如幄如盖，春华秋实"，虽画之巧，不能传神，故将重立之碑称为"杏花碑"。这是五通堪称国宝的碑刻，"文既宏肆，琳琅其音，书法端谨，大存唐晋遗法，文忠（苏轼）第一妙迹也"。

碑成，祠内余庆禅院僧人圆真自出私帑，建"温公神道碑堂"，堂内设温公像，周围置朱甍，立碑于其中。

明嘉靖二年，侍御史、山西巡抚朱实昌拜谒司马温公后，重修温公祠，又特命人在稷王山选巨石磨制，并亲笔书丹，利用原额原龟趺（赑屃），依宋碑规制，终于再现原碑风貌。其螭首之大，龟趺之巨，碑体之雄，为华夏罕有。这就是夏县司马温公祠前碑楼内的那通"忠清粹德之碑"。

如今，走近司马温公祠，不等进大门，首先看到的，就是"忠清粹德之碑"高大的碑楼。蓝天白云下，赭红色的碑楼气宇轩昂、古朴典雅，本身就像一位风度翩翩的君子，至于里面竖的什么碑，碑上刻什么字，反倒不重要。碑楼下方广场中央，司马光铜塑像高高耸立，只可仰视。阳光映照，司马光神情淡然，目光坚定，似乎在告诉人们，他本人就是修史的，他死后，轮到别人来写他了，是非功过，任尔评说。

走进大门，祠内花木掩映，翠竹摇曳。沿中轴线往里，左为司马家族墓园，右为余庆禅院。迎面的杏花碑亭内，杏花碑镶嵌在左侧墙内，五块相合碑刻上的裂纹，能让人想到司马光的温雅、苏轼的洒脱和那个时代的凄风冷雨。

杏花碑亭后的祠堂正殿内，司马光端坐于父亲司马池右侧，兄长司马旦坐于另一侧，在这里，他回归到伦理，是父亲的儿子，兄长的弟弟。祠堂不是朝堂，不知为什么，这里的司马光却着官服戴官帽。祠堂重建于清代乾隆四十三年，主持修建人是河东盐监刘子章，莫非刘大人认为，温公只能是那个威严的宰相。司马光本人会这么想吗？

祠堂东侧除了为司马家族茔墓所建的余庆禅院外，还有古色古香的涑水书院。走进去，可见到不同时期的司马光画像，和蔼慈祥、凝重庄严、温文尔雅。历代画师根据自己对司马光的认知，画出了不同的司马光。最让人难忘的，是那幅羸弱而恭敬、手持笏板的左仆射告身像，如今，已无法知道司马光病逝时，开封市民挂于堂前祈福的那幅画像是什么样子，可以肯定的是，无论什么时代的温公像，都没有他小时候风靡全国的那幅"小儿砸缸救友图"更具影响力。相较复杂深邃的司马温公，百姓更喜欢单纯生动的司马光。

祠堂西侧是司马光祖茔。其间古冢岌岌，石刻遍布，让人能隐隐感到司马光的亡灵似乎还在这里徘徊。与众多族人躺在一起，他不是宰相，不是史学家，只是被政敌王安石常挂在嘴边的司马十二。意外的是，从遍地石刻中，竟能看到王安石的名字。那是一通司马光伯父司马沂的墓表，由王安石撰文。两位政敌在这里相遇了，生前同样为国为民，却各执己见，势同水火。近千年过去，不知两位执拗倔强的相公是否会握手言和？

温公祠是对温公的追念。来到这里，不同的人会想到不同的司马光。作为史学家的司马光已安心驾鹤西去，作为政治家的司马光却始终没能盖棺定论，有一点可以肯定，作为道德楷模的司马光毋庸置疑。

司马光

司马光以史学家、文学家和政治家著称于世，若以身份论，首先是个政治家。从政四十八年，从九品小吏，到贵为宰相，留给后人的其实只有一件事，即"熙宁变法"的兴弃之争。新法废了，又兴了，忽忽焉若疾风骤转，废兴之间，司马光或被誉为辅世救民的忠臣，或被诬为亡国害民的奸党，如同《资治通鉴》中的众多历史人物一样，他的一生同样可鉴后人，可明得失。

自从有了国家形态，官员作为施政者，就有了优劣好坏之分。好官无上限，鞠躬尽瘁，兢兢业业、勤政为民……千言万语，怎么夸都行，却有底线，即公德无损，私德不亏，封建时代如此，专制时代如此，反腐倡廉的当今社会更是如此。

作为政治家，司马光充满争议，若以人格、道德论，可称得上圣人、完人，因为，在他人生履历中，只有俭，没有侈，只有廉，没有贪。

## 俭，德之共也

司马光从来注重家风家教，著有《训俭示康》《温公家范》《居家杂仪》，左准绳，右规矩，为家庭成员立行为规范。在给养子司马康写的《训俭示康》中，将一个"俭"字翻来覆去、不厌其烦地讲。他说的"俭"，不单是通常意义上的节约、节俭。关乎生计，却并非一粒粟、一箪食、一瓢饮那么简单，是修身齐家，提高道德修养的门径。

在一般人看来，节俭与物质匮乏相关，是普通人家的美德。司马光生于官宦之家，家境优裕，衣食无忧，父亲司马池官至三司副使，他本人位至人臣之极。北宋官员待遇极其优厚，英宗继位时大赏君臣，那时他还只是个五品谏官，所得赏赐就折合一千三百贯，放到现在，都可以买套豪宅。平时节衣缩食省下来的那点，几乎毫无意义，他说的"俭"，是深层次的，是"俭"的精髓，关乎人性，关乎品德，关乎个人前程，甚至国家前景。

人一旦有了欲望，若不加约束，会永不满足。为官者欲壑难填，会被权力迷惑，走上不归路。普通人贪心不足，会被物质引诱，走向深渊。如何抑制人与生俱来的七情六欲，抵御权力带来的灯红酒绿，司马光的办法不是像出家人那样去打坐，不是像高士那样去隐居，只有四个字：俭则寡欲。他解释说："君子寡欲则不役于物，可以直道而行，小人寡欲则能谨身节用，远罪丰家。故曰：'俭，德之共也。'"

北宋仁宗时期，社会上攀比成风，奢侈糜烂，衙门里当差跑腿的，喜欢模仿士大夫衣饰，田间干活的农夫喜欢穿丝制鞋袜（走卒类士服，农夫蹑丝履）。司马光担心儿子也染上这种毛病，从"由俭入奢易，由奢入俭难"的道理讲起，告诫儿子："侈则多欲。君子多欲则贪慕富贵，枉道速祸；小人多欲则多求妄用，败家丧身；是以居官必贿，居乡必盗。故曰：'侈，恶之大也。'"

在他看来，养成一种节俭家风太重要了。在《训俭示康》中讲，在《温公家范》中还要讲。讲完道理，再列举正反面事例接着讲。

正面例子有汉朝"四知"大夫杨震的故事。杨震廉洁无私，有朋友劝他趁做高官时，为子孙置办家业。杨震说："能让后世称为清白官员子孙，难道不是一笔丰厚的遗产吗？"

反面例子有名相寇准的故事。寇准奢华侈靡名冠一时，因为功劳大，没人敢非议，子孙习以为常，形成奢侈家风，寇准死后，子孙大手大脚无法收敛，以后大多穷困潦倒。

用"俭"教导儿子，自己先做表率。为官多年，司马光"衣取蔽寒，食取充腹"，"食不敢常有肉，衣不敢纯有帛"。洛阳独乐园居住时，已是三品高官，日常所食，仅一盘野蔬、一壶浊酒，连普通百姓也嘲笑他。

因为崇尚节俭，司马光对生活无所欲，无所求，静以修身，俭以养德，练就了清正廉洁的金刚不败之身。

他说："众人皆以奢靡为荣，吾心独以俭素为美。"司马光甚至将俭朴上升为行为规范，遵循孔子的话，与人交往也以"俭"为标准："耻恶衣恶食者，未足与议也。"

退居洛阳十五年，往来陕（当时夏县属陕西路）洛，两地百姓将司马光的俭朴作风视为榜样，敬其行，化其德，谁家生活习惯不好，会有人说："君实得无知之乎！"

有父亲的表率和教导，养子司马康"为人廉洁，口不言财"。"途之人见其容止，虽不识皆知为司马氏子也。"

## 以至诚为主，以不欺为本

司马光养成高尚品德的另一个字是"诚"。洛阳十五年，是他政治上的失意时期，专心修《资治通鉴》之余，漫步独乐园，思考人生得失，大概是最常做的事。明月时至，清风自来，会想起父亲为他取字"君实"的良苦用心，想起五岁那年剥青核桃皮说谎时，父亲那一声呵斥"小子何得谩语！"五十年后，还是在洛阳独乐园，学生刘安世请教："做学问有什么诀窍？"他手捻胡须沉吟良久，说出一个字"诚"。

刘安世如获至宝，回去反复思考，却不得要领，再来问，司马光多说了几个字："自不谩语入。"不谩语，即诚实，说真话，不说假话。以后，刘安世官至右谏议大夫，没有辜负老师教诲，以直言极谏著称，时人称为"殿上虎"。还因他有了"安世不妄"这个成语。

如果说，"俭"是个人修养，"诚"则是处世原则。有"俭"而无诚，何异于欺骗。在独乐园写成的《迂书》三十卷中，司马光对"诚"感悟至深，他说："鞠躬便辟，不足为恭；长号流涕，不足为哀；弊衣粝食，不足为俭。三者以之欺人可矣，感人则未也。君子所以感人者，其惟诚乎？欺人者，不旋踵人必知之；感人者，益久而人益信之。"

还是在洛阳，因家中缺钱用，司马光让老仆将平时回老家夏县所乘的一匹马卖掉，特意交代："此马夏天犯肺病，若有买主，须实言相告。"老仆偷笑司马光不谙世事，自古买卖，卖家皆自夸，哪有自损的道理，却不知司马光以诚待人的用心。

诚信不欺也是司马光的治国理念。在《资治通鉴》中，曾以诚信教导皇帝："夫信者，人君之大宝也。国保于民，民保于信。非信无以使民，非民无以守国。是故古之王者不欺四海，霸者不欺四邻，善为国者不欺其民，善为家者不欺其亲。不善者反之……"

"以至诚为主，以不欺为本"，是司马光的人生座右铭。"自少及老，语未尝妄"，是司马光的诚信人生。做人、当官、为文、修史，无不贯穿着一个诚字。苏轼对司马光的诚信品格尤其赞赏，在《司马温公行状》中说："（温）公忠信孝友，恭俭正直，出于天性。自少及老，语未尝妄……""论（温）公之德，至于感人心，动天地，巍巍如此，而蔽之以二言，曰诚、曰一。"

坦诚待人，诚信为政，光明磊落，始终如一。司马光对自己的诚信人生也颇自负。说："吾无过人者，但平生所为，未尝有不可对人言者耳。"

## 廉洁不仅在物质，更在精神

司马光的挚友范纯仁（范仲淹子）说过一句至理名言："惟俭可以助廉。"古人对廉的理解和今天差不多，一般指廉洁、廉正、廉明。《周礼》中的解释更多，有所谓六廉："一曰廉善，二曰廉能，三曰廉敬，四曰廉正，五曰廉法，六曰廉辨。"就个人品德而言，六个字足矣：有节操，不苟取。

司马光为人为政，俭入骨髓，诚至灵魂，已兼备廉洁的两大要素。以俭、诚走入仕途，即使身居高位，处浊浊其流，也能洁身不染。

物质上的享受，司马光视若浮云。宋代的洛阳是"前执政重臣休老养疾之地"，几位前任宰相来洛阳后，"悉集士大夫老而贤者"，定期聚会雅集，人称"耆英会"。司马光被拉入，参加两次后，看到"雅集"渐至奢华铺张，毅然退出。自修独乐园，柴门荆扉，竹篱土洞，又随形赋意，自为七景，一池水，一堆石，一丛竹，旁边搭个棚子，就有了弄水轩、见山台、种竹斋。园内主要建筑读书堂，也不过缚竹立架、操斧剖竹搭成。在这样的园中，司马光远离尘嚣，以独乐为乐，"独闭柴荆老春色"，读书修史，度过了漫长的十多年时光。

还是在洛阳，好友范镇来看他，见陋园弊堂中，"一室萧然，图书盈几"，连所盖被子也若贫寒人家，特意送给一床被子。为感念范镇情谊，司马光作《布衾铭》。以后十多年，这床被子一直陪伴着他，临终前嘱咐儿子司马康，死后仍穿平时衣服，覆盖范镇所赠被子，简棺薄葬。

他说过，"汲汲于名者，犹汲汲于利也"，过于在乎个人名望、声誉，也是谋利。钩心斗角、沽名钓誉、饰伪采名、推卸责任、推诿躺平，即使谈不上贪，也是廉而不洁。

司马光年轻时，因为缺少经验，轻信地方官员，处理屈野河事件失误，宋军大败。恩师庞籍为使司马光履历清白，藏匿了他写的报告。结果恩师被贬官，他却升了官。司马光羞愧难当，连上《论屈野河西修堡状》说明情况，自请处分，要求朝廷将自己重则斩首，中则流放，轻则发配边地任职。得不到允许时，甚至想以死自清，为恩师辩解言之切至，口几流血。这件事关乎人品，成为他永远的痛，"终身慊慊，不可湔洗。若贮瓦石于胸中，无时可吐"，直到老年仍念念不忘。

《资治通鉴》是司马光一生最大的荣耀，从修撰到完成，司马光从不认为自己比同修刘恕、范祖禹高明，向神宗皇帝提及，不惜贬低自己，抬高二人。提到刘恕，司马光说："至于十国五代之际，群雄竞逐，九土分裂，传记讹谬，简编缺落，岁月交互，事迹差舛，非恕精博，他人莫能整治。"提到范祖禹，他说："臣诚孤陋，所识至少，于士大夫间，罕遇其比，况如臣者，远所不及。"

在司马光看来，廉洁不仅在物质，更在精神，发乎情，得乎理，出自内心。金钱诱惑，物质享受，不是该不该，敢不敢，而是从内心里抗拒。

当台谏官时，宋仁宗驾崩，新皇英宗继位，按惯例，以先皇遗物赏赐群臣，司马光得赏赐达一千三百贯，率同僚三次上书请免，力辞无果，将赏赐一分为二，一半留谏院，充作办公经费，一半用来补贴贫困亲友，自己分文不取。

任宰相当天，担心熟人朋友送礼请托，在客位贴告示，告知来客，凡跑官要官，涉及私人事，请免开尊口。

任宰相前后，身体虚弱，足疾不能行走。司马光请了病假，仍不离西府（朝臣驻地），在病床上坚持工作，批阅文件、接见下属、书写奏章，从无一丝松懈，未尝有一日闲暇。假满一百天，按宋朝规制，停发俸禄。太皇太后得知后，特别下旨：宰臣司马光俸禄照发。司马光只愿心领，上奏章对太皇太后说，"百日停俸，著在旧章"，自己既然身任宰相，"当表率百僚，岂敢废格不行？"

## 心底无私，廉而有为

司马光自幼习儒家经典，将经邦济世、治国平天下视为终生抱负，博览群书，学识渊博，却从不习佛道之说。佛家的极乐世界、道家的清净无为都教人出世，唯有儒家学说教人入世，他虽著述浩繁，却无一字论述释道之学，被后世学者视为"纯儒"，奉为"北宋六子"之一。在他眼里，汉之严子陵、晋之陶渊明虽两袖清风，品德高洁，却属廉而无为，洁而不作，根本不足取。真正的廉洁具有公共属性，是仕宦官场专用词，平常百姓用不上，和尚隐士也用不上。廉洁与奉公相连，为个人廉属私德，是低层次的廉，甚至是自私的廉，也许可以获得廉名，本质上还是贪；为社稷、百姓廉属公德，才是高层次的、真正的廉，以这样的廉处世，才能敢作敢为，也许这样会被人诟病、遭人诋毁，却最值得赞美。

无论当台谏官，还是退居修史，司马光都以能言、敢言著称。能言的底气是谙熟历史，博古通今。敢言的根本是"于物澹然无所好"，心底无私，不计得失。因而，为百姓福祉，为社稷根本，殿上敢向皇帝诤谏，殿下能与宰相激辩。教训皇帝，怒怼宰相，是他仕宦生涯的常态。

宋仁宗在位时，朝中奢靡无度，每遇重要节日，大举宴会赏赐君臣已成惯例。司马光常劝皇上"侧身克己，痛自节约"，曾上《论宴饮状》，恳请皇帝为民着想，悉罢饮宴。每年正月十五上元节，京城开封张灯结彩，演出各种杂技歌舞。仁宗率众嫔妃，立于宣德楼上观看，名曰"与民同乐"。然而，全国各地水旱灾害频发，百姓流离失所，辗转道路，哪里能同乐？司马光痛心不已，上《论上元游幸札子》，不惜扫皇上的兴，为百姓呐喊。当时开封流行一种类似日本相扑的女子游戏，称为"妇人裸戏"，仁宗很喜欢看，不知有多少佞臣借机讨好皇帝，司马光却上《论上元令妇人相扑状》，再次扫皇上的兴。

司马光认为："国之治乱，尽在人君。"为约束皇帝，甚至冒杀头风险，给皇帝立规矩，上长达五千言的《进五规状》，锋芒毕露，言辞激烈，直指文过饰非的当今皇帝。还为皇帝立道德规范，上《陈三德札子》要求仁宗提高自身修养，具备"仁、明、武"三种美德。

司马光历仕四朝，从来奉行"从道不从君"原则，仁宗、英宗、神宗，都被他教训、责备过，有时甚至是怒发冲冠式的痛斥。哲宗继位时还不满十岁，在位一年多他就去世，是个例外。

## 廉的至高境界

古今官员奔波仕途、沉浮宦海，获取高官厚禄、光宗耀祖是最大的诱惑。司马光并不掩饰自己对前程的渴望，曾在《家范》中引用《孝经》教导家人："立身行道，扬名于后世，以显父母，孝之终也。"也曾对神宗说自己并非不爱高官厚禄。但一旦遇到原则问题，就行大忠之道、诤谏本色，哪怕丢官杀头也无所畏惧。

陕西百姓被手背刺字当"义勇"（民兵），苦不堪言，流离失所。司马光连上六道札子，词锋指向英宗皇帝。他对英宗怒斥：今日陕西，已困窘饥荒、民不聊生。朝廷却晏然坐视，毫不怜悯，难道为民父母者就该这样吗？英宗在札子上写道：刺配义勇诏书已颁，岂可朝令夕改？司马光更愤怒，当面怼回去："若误将自己孩子掉进井中，岂可说已误掉进去，就不去救。"最后摊牌："要么收回成命，要么罢臣职。"

面前坐的是口含天宪、至高无上的皇帝，如此不留情面、咄咄逼人，就不怕引来杀身之祸？不怕，面前的司马光，凛凛然，巍巍然，一腔热血，一身正气，堂堂正正，连皇帝也产生敬慕之心，正如"惟大人能格君心之非者"之说。

司马光一生最遭后人诟病的，是与王安石的变法之争。两人原本志同道合，相互仰慕，曾同在包拯手下为官，京城著名的"嘉祐四友"，二人均在其中，都是难得的正人君子，又都执拗到迂阔，方直到不通情理。同样清正廉洁，同样为国为民，遇到问题，连表现方式都一模一样。神宗对变法产生动摇时，王安石宁可辞去参知政事，也要行新法。司马光宁肯不当枢密副使，也要去弊政。皇帝任命诏书九次送到府上，司马光九次跪而不谢，八次上表坚辞。直到被皇帝请到殿上当面劝慰，他还是推辞，一点也不给皇上面子。

司马光说："贤者居世，会当蹈仁履义，以德自显，区区外名，岂足恃邪！"从司马光的经历看，真廉洁不光不计名利，还要不计得失，敢作敢为，为坚守理念，可以丢掉一切。

难怪名相韩琦也被感动，说："恳辞枢弼，必冀感动，大忠大义充塞天地，横绝古今。"连神宗皇帝也感叹："未论别事，只辞枢密一节，朕自即位以来，惟见此一人，他人，则虽迫之使去，亦不肯矣。"

明代陈继儒在《小窗幽记》中说："真廉无廉名，立名者正所以为贪。"与廉以饰名，廉以保身，廉而无为，廉而不善的官员相比，司马光为百姓争福祉，为国家争根本，不图名利，不计得失，已达到廉的至高境界，如果廉也分大小真伪，此乃大廉、真廉。

## 以德度人，以廉识人

自律到无一丝一毫的道德瑕疵，对有道德污点的官员也绝不容忍。司马光主张为政以德，具体到用人，则以德度人，用人以德，他说："才者，德之资也；德者，才之帅也。"对于有才无德之人，不光不能重用，还应重责。

宋神宗继位后，迫于财政困窘，急于寻找理财能臣，任用张方平为参知政事。此人当过三司使，头脑精明，办事干练，被誉"天下奇才"。不料，任用诏书刚颁布，司马光立即上书弹劾，君臣之间发生激烈的语言冲突。司马光弹劾的理由是：张方平为人奸诈，贪婪猥琐，人所共知。

张方平当三司使时，曾引发过一起轰动朝野的"刘保衡案"。商人刘保衡为官府所逼破产，要卖名下宅邸，张方平以三司使身份捷足先登，以大大低于市场价购入。张方平被御史中丞包拯弹劾，免去三司使。这次，张方平等于带"病"提拔。这种贪婪无德之人，司马光怎能容忍。君臣在殿上争论，互不相让，一番火花四溅后，司马光被免职，这时，司马光担任御史中丞才五个月。

怎样认识一个官员的品德？熟读史书的司马光说："币厚言甘，古人所畏也。"

"熙宁变法"的二号人物吕惠卿就是个"币厚言甘"的小人。当时，神宗皇帝踌躇满志开始变法。吕惠卿是王安石之外最炙手可热的人物。司马光上奏："惠卿憸巧，非佳士。使王安石负谤于天下者，惠卿也。"又致信提醒王安石："吕惠卿乃谀媚之士，现在百依百顺，甜言蜜语，一旦你失去权势，定会出卖你。"司马光识人很准。王安石对吕惠卿有"卵翼之恩，父师之义"，王安石罢相后，吕惠卿显露小人本质，不遗余力地落井下石，构陷恩师。以后种种劣迹，更为人不齿。托人买小妾，却不给足钱。其母丧，诏令本俸以外特给钱五万缗，吕惠卿仍不满足，请求再加一万五千缗。连神宗也认为"惠卿固贪婪"。王安石变法时，主张"唯才是举""舍德取才"，任用吕惠卿是终生的悔，以后，给友人书信也不愿意提吕惠卿的名字，称之为"福建子"。司马光以德度人，以廉识人，果然得其要害。

俭以修身，诚以待人，廉以为政，德以识人，是司马光的立身处世准则，也是司马光的人生历程。司马光所处的时代群星闪耀，文学家如范仲淹、欧阳修、王安石、苏轼、苏辙、曾巩，政治家如包拯、韩琦、富弼、曾公亮，一个比一个璀璨夺目。司马光不一定最明亮，却一定是最圣洁的那一个，于公于私，公德私德，都值得后人效法。

　　司马光一生，节俭清廉，生活简朴，私德近乎完美无瑕，又明大德，严公德，敢言直言。仕途中，有一大半时间是在逆境中度过的。政敌忌恨，甚至欲置之死地而后快，却始终难找到把柄。一生所受最重处分，是退居洛阳后，受苏轼"乌台诗案"牵连，枉罚红铜二十斤。最为后世诟病的，是"元祐更化"废弃新法，王安石说："始终言新法不便者，司马光一人也。"对司马光的人品道德却从无非议。两人和而不同，一个要"泽天下之民"，一个要"救天下之民"。是与非，得与失，都只涉政见，无关品德。百姓赞扬、后人怀念才是对他的肯定。之所以如此，固然与北宋政治上的宽容有关，司马光清正廉洁，道德品质上的白璧无瑕，才是重要原因。至于为人之温和恭谦、著述之呕心沥血、为政之鞠躬尽瘁，则是优秀人物的必备品质。

司马光

鞠躬便辟，不足为恭；长号流涕，不足为哀；弊衣粝食，不足为俭。三者以之欺人可矣，感人则未也。君子所以感人者，其惟诚乎？欺人者，不旋踵人必知之；感人者，益久而人益信之。

知过非难，改过为难；言善非难，行善为难。

众人皆以奢靡为荣，吾心独以俭素为美。人皆嗤吾固陋，吾不以为病。应之曰："孔子称'与其不逊也宁固。'又曰'以约失之者鲜矣。'又曰'士志于道，而耻恶衣恶食者，未足与议也。'古人以俭为美德，今人乃以俭相诟病。嘻，异哉！"

《大学》曰："古之欲明明德于天下者，先治其国；欲治其国者，先齐其家；欲齐其家者，先修其身……自天子以至于庶人，一是皆以修身为本。其本乱而末治者否矣，其所厚者薄，而其所薄者厚，未之有也！"此谓知本，此谓知之至也。所谓治国必先齐其家者，其家不可教而能教人者，无之。

言有德者皆由俭来也。夫俭则寡欲：君子寡欲则不役于物，可以直道而行；小人寡欲则能谨身节用，远罪丰家。故曰：俭，德之共也。侈则多欲：君子多欲则贪慕富贵，枉道速祸；小人多欲则多求妄用，败家丧身。是以居官必贿，居乡必盗。

积金以遗子孙，子孙未必能守；积书以遗子孙，子孙未必能读；不如积阴德于冥冥之中，以为子孙长久之计。

为人母者，不患不慈，患于知爱而不知教也。古人有言曰："慈母败子。"爱而不教，使沦于不肖，陷于大恶，入于刑辟，归于乱亡。非他人败之也，母败之也。自古及今，若是者多矣，不可悉数。

君子教子，遵之以道。

爱之不以道，适所以害之也。

为人父祖者，莫不思利其后世，然果能利之者鲜矣！何以言之？今之为后世谋者，不过广营生计以遗之，田畴连阡陌，邸肆跨坊曲，粟麦盈囷仓，金帛充箧笥，慊慊然求之犹未足，施施然自以为子子孙孙累世用之莫能尽也。然不知以义方训其子，以礼法齐其家，自于十数年中，勤身苦体以聚之，而子孙于以岁时之间，奢靡游荡以散之，反笑其祖考之愚，不知自娱，又怨其吝啬无恩于我而厉之也。

夫生生之资，固人所不能无，然勿求多余，多余希不为累矣。使其子孙果贤耶，岂疏粝布褐不能自营，死于道路乎？其不贤也，虽积金满堂室，又奚益哉？故多藏以遗子孙者，吾见其愚之甚。然则圣贤不预子孙之匮乏耶？何为其然也，昔者圣贤遗子孙以廉以俭。

凡才智之人，必得忠直之人从旁制之，此明主用人之法也。

厚于才者，或薄于德；丰于德者，或杀于才。钧之不能两全，宁舍才而取德。

古人有言：君明臣直。裴矩（隋唐名臣）佞于隋而忠于唐，非其性之有变也；君恶闻其过，则忠化为佞，君乐闻直言，则佞化为忠。是知君者表也，臣者景也，表动则景随矣。

才德全尽，谓之圣人；才德兼亡，谓之愚人；德胜才谓之君子，才胜德谓之小人。

夫德者人之所严，而才者人之所爱。爱者易亲，严者易疏，是以察者多蔽于才而遗于德。自古昔以来，国之乱臣，家之败子，才有馀而德不足，以至于颠覆者多矣，岂特智伯哉！故为国为家者，苟能审于才德之分而知所先后，又何失人之足患哉。

币厚言甘，人古人之所畏也。

夫以四海之广，兆民之众，受制于一人，虽有绝伦之力，高世之智，莫不奔走而服役者，岂非以礼为纪纲哉！

夫信者，人君之大宝也。国保于民，民保于信。非信无以使民，非民无以守国。是故古之王者不欺四海，霸者不欺四邻，善为国者不欺其民，善为家者不欺其亲。

法者天下之公器，惟善持法者，亲疏如一，无所不行，则人莫敢有所恃而犯之也。

夫以天下之政、四海之众，得失利病，萃于一官使言之。其为任亦重矣。居是官者，常志其大，舍其细；先其急，后其缓；专利国家，而不为身谋。彼汲汲于名者，犹汲汲于利也。其间相去何远哉？

视天下有一事不治，以为己过；有一民失所，以为己忧。

夫为政在顺民心，民之所欲者行之，所恶者去之，则何患号令不行，民心不附，国家不安，名誉不荣哉？

恭俭正直 司马光

　　夫为政在顺民心，苟民之所欲者与之，所恶者去之，如决水于高原之上，以注川谷，无不行者。苟或不然，如逆坂走丸，虽竭力以进之，其复走而下，可必也。